GUY DE MAUPASSANT

Miss Harriet

PRÉFACE, COMMENTAIRES ET NOTES
DE LOUIS FORESTIER

ALBIN MICHEL

Louis Forestier, professeur à l'Université de Paris X-Nanterre, s'est spécialisé dans l'étude du symbolisme et du naturalisme. On lui doit l'édition des *Contes et Nouvelles* de Maupassant (2 vol., bibliothèque de la Pléiade) ainsi que divers articles sur cet auteur. Il est responsable de l'équipe *Rimbaud* rattachée au C.N.R.S.; il a publié de nombreux livres, articles ou éditions sur la poésie française des années 1870-1890 (Cros, Nouveau, Rimbaud, Verlaine).

PRÉFACE

Les yeux ouverts

JULES RENARD, qui trempe volontiers sa plume dans le vitriol avant d'écrire, juge ainsi Maupassant : « Un œil, mais un gros œil » ; et de préciser sa pensée : « Il ne regarde pas d'assez près. » Et pourtant que n'a-t-on pas écrit sur l'exactitude évocatrice du romancier, disciple chéri de Flaubert ? On loue chez lui l'aptitude à mettre en place, en quelques lignes, un tableau caractéristique : lieux, choses et gens ; ici c'est l'arrivée des employés au ministère de la Marine, poussés par un zèle que l'approche des étrennes stimule ; là, c'est le départ pour une excursion en pays de Caux.

Miss Harriet s'ouvre sur la promesse de moments heureux : des couples s'en vont, au rythme de leur grande voiture à cheval, profiter d'une belle journée d'automne. Fraîcheur de l'air, transparence des brumes matinales, chant des alouettes, tout est à l'impression fugitive et à l'attente des joies à venir. Le grand air vous donne parfois de ces sensations piquantes et vives, de ces instantanés qui font le bonheur des peintres tels que Monet.

5

A sa façon, Maupassant est un « impressionniste ». Il l'est par son goût inné du plein air : sur douze nouvelles, six ont pour cadre les paysages normands ou les bords de Seine vers La Frette et Chatou : Monet toujours, ou Boudin, ou Courbet. Car « faire le rapin », comme dit l'un des personnages, c'est, d'abord, partir au hasard des chemins pour des étreintes avec la nature ; c'est se laisser emporter à la découverte de la lumière plus que des sites : « Mes yeux ouverts, à la façon d'une bouche affamée, dévorent la terre et le ciel. Oui, j'ai la sensation nette et profonde de manger le monde avec mon regard, et de digérer les couleurs comme on digère les viandes et les fruits. Vrai, cela est nouveau pour moi. »

En prêtant ces mots à un peintre, Maupassant voile à peine ses propres opinions. C'est lui qui parle à travers sa créature imaginaire : « Je vais, du matin au soir, par les plaines et par les bois, par les rochers et par les ajoncs, cherchant les tons vrais, les nuances inobservées, tout ce que l'école, tout ce que l'appris, tout ce que l'éducation aveuglante et classique empêche de connaître et de pénétrer. » Aussi peut-il s'écrier : « Vrai, je ne vis que par les yeux ! »

On aurait tort de prendre une telle phrase pour une simple image. Maupassant rivalise sciemment avec les peintres et transpose, dans l'écrit, des procédés propres à l'art impressionniste. Il utilise volontiers la couleur pure et excelle à rendre les fortes luminosités ; ainsi montre-t-il, « à travers les récoltes jaunes et vertes, piquées de rouge et de bleu, une éclatante charretée de femmes qui fuyait sous le soleil ». Il se laisse aller — comme Monet peignant Londres — au charme des formes indécises aperçues à travers le brouillard : « C'était comme un nuage de coton terne posé sur l'eau. Les berges elles-mêmes restaient indistinctes, disparues sous de bizarres vapeurs. » Les reflets et les jeux d'eau l'attirent : « Une poussière d'eau voltigeait, voilait les becs de gaz d'une brume transparente, faisait luire les trottoirs que traversaient les lueurs des devantures. » Associer la lumière à la notion de changement et de mouvement est une idée moderne à l'époque : Monet tire de ce postulat les diverses séries des « Meules », des « Peupliers » ou des « Cathédrales ». Maupassant tente, de même, de rendre la coloration fugitive d'un instant du couchant : « L'espace, d'un rouge éclatant à son pied, prenait plus haut des teintes d'or pâle, puis des teintes jaunes, puis des teintes vertes, d'un vert léger frotté de lumière, puis il devenait bleu, d'un bleu pur et frais. » Ce n'est pas pour rien que l'écrivain se flatte d'avoir « suivi Claude Monet à la recherche d'impressions » et de l'avoir vu prendre « à pleines mains une averse abattue sur la mer » pour la jeter sur sa toile : il retrouve, à travers lui, la fascination des mouvances — l'eau, la lumière — et le désir de fixer les choses en mutation.

Léon Chenal, le peintre, narrateur de « Miss Harriet », aime la lumière diffuse et les effets de tons, de mouvement et de mise en place qui rappellent *La Vague* de Courbet. Est-ce à dire que Maupassant préfère la couleur au dessin, les tonalités et les valeurs à la construction des formes ? Non. Ce qu'il recherche, comme les impressionnistes (et comme tout créateur original), c'est le rendu juste et inattendu, celui qui, devant une toile, arrache à Miss Harriet un très anglais « Aoh ! » d'admiration. Il excelle à trouver la pose typique, le geste exact et significatif, le mot pertinent. Une tendance naturelle à sa vision est de schématiser le trait, de le simplifier et de le gauchir, parfois jusqu'à la caricature. Passe qu'une vieille fille maigre apparaisse

« tout à coup sur le bord de la falaise pareille à un signal de sémaphore » ; mais, lorsqu'elle évoque, pour le narrateur, « un hareng saur qui aurait porté des papillotes », le trait devient franchement cocasse. De même, tel personnage, rouge et poilu, a l'air « d'un bifteck cru caché dans un bonnet de sapeur » ; ou bien encore tel gros paysan en blouse ressemble à « un ballon prêt à s'envoler, d'où sortaient une tête, deux bras et deux pieds ». Par ces excès calculés, Maupassant tourne-t-il ses personnages en dérision ? Veut-il donner une vision dévalorisée du monde et des hommes ? Peut-être ; mais il veut surtout jouer des deux effets de la caricature : le comique, et la mise en évidence de traits typiques inaperçus au premier coup d'œil.

Par la caricature, quelquefois plus simplement par la déformation ou le grossissement volontaires du réel, se dégage l'originalité typique d'une forme ou d'un personnage. Ils jaillissent, soudain, dans une éclatante nouveauté. Ce qui était la leçon apprise de certains peintres, est aussi l'enseignement reçu de Flaubert ; que disait « Le Vieux », comme l'appelaient familièrement ses amis ? Maupassant nous le rapporte :

« La moindre chose contient un peu d'inconnu. Trouvons-le. Pour décrire un feu qui flambe et un arbre dans une plaine, demeurons en face de ce feu et de cet arbre jusqu'à ce qu'ils ne ressemblent plus, pour nous, à aucun arbre et à aucun autre feu. »

Arriver à la ressemblance, à l'illusion de réalité, c'est d'abord, paradoxalement, isoler des différences. Il y a donc beaucoup à redire sur la notion de réalisme qu'on accole souvent à l'œuvre de Maupassant. Flaubert tenait cette classification pour une ineptie et il avait probablement raison. Ce que l'auteur de *Miss Harriet* dépeint avec le plus d'exactitude, c'est le monde des petits employés. C'est qu'il les a connus, les ronds-de-cuir et les gratte-papier. Il sait ce que c'est que rédiger un document, attendre une gratification, être à l'affût des mille bruits insignifiants du service. Il connaît le vide d'une existence qui cherche à se remplir en grossissant démesurément l'élément le plus banal. Il a rencontré la misère dissimulée, la bêtise officialisée, le sourire hypocrite. Monde clos et dangereux : on y tourne en rond. Chez Maupassant, les bureaux n'ont pas de fenêtres, ils n'ont que des portes ; encore celles-ci n'ouvrent-elles que sur des couloirs intérieurs qui conduisent sans fin du chef au subalterne et vice-versa. On sent de l'allégresse à l'évocation d'un temps qui, pour l'écrivain, correspond à sa jeunesse, et de l'horreur pour cette usure de l'être dans la médiocrité. Alors, fuir ! partir vers Chatou, rejoindre les canotiers et les jolies filles, ou vers Sartrouville et Bezons, lieux qu'élisent les maraudeurs pour exercer leur petit négoce. Il y a du vrai dans ces croquis de banlieue, comme il y a du vrai dans les caricatures d'employés : le beau Maze emprunte certains traits à Bel-Ami et le père Savon (précurseur du père Soupe de Courteline) a bien existé, mêlant dans la même réprobation les excès des communards et la mauvaise qualité de l'encre ministérielle !

Et la Normandie ? L'auteur la connaît bien aussi ; il en parle en termes sensuels et passionnés, mais il n'oublie jamais qu'il écrit pour des citadins. Ses descriptions restent générales et pourraient, assez souvent, s'appliquer à d'autres provinces. D'où vient donc l'étonnante illusion de vérité que nous donne Maupassant ? Des noms propres qui situent géographiquement l'aventure ou qui, lorsqu'ils sont inventés, sonnent bien normand : ainsi Virelogne, c'est à la fois Vire et Valognes. L'imitation du parler normand contribue aussi à l'effet de réel, de même que certains éléments quasi conventionnels : valleuse, pommiers. Mais la description peut dériver vers une autre fonction : la connotation psychologique ou morale ; elle trahit le monde extérieur pour diriger l'esprit du lecteur vers l'exploration des profondeurs de l'être. Alors les pissenlits deviennent des flammes et les coquelicots du sang.

Le rôle du romancier, du conteur, c'est « d'observer la vie éparse autour de soi ». Maupassant illustre cette opinion avec une minutie féroce et un sens inné de la preuve par l'absurde. Peindre le monde comme il va, c'est le montrer allant de travers. Les bons sentiments y sont pervertis ou méprisés. Le travail n'y est pas récompensé selon les mérites des intéressés ; la religion brise, chez l'abbé Dentu, l'espoir de tout amour paternel : à la limite, se consacrer à Dieu, c'est faillir à la destination de l'homme ; maître Hauchecorne peut bien dire la vérité, on ne le croit pas, car on le sait capable de mentir par amour du gain ; l'amour — que Maupassant célèbre comme un sentiment sacré — est prétexte à un gâchis sans précédent : ce ne sont qu'occasions perdues, regrets tardifs, refus inutilement cruels, trahisons camouflées en vertu. Tout se passe comme si les personnages se prenaient à leur propre piège et forgeaient eux-mêmes leur propre malheur : c'est en se cantonnant dans le refus des mots, en s'obstinant à se taire (« Regret », « Miss Harriet ») ou en imposant silence aux autres (« En voyage ») qu'ils créent les conditions d'un infini supplice que ni le temps, ni la mort ne peuvent interrompre. Le ton est donné à propos de Miss Harriet : « Je sentais peser sur cette créature humaine l'éternelle injustice de l'implacable nature ! C'était fini pour elle, sans que, peut-être, elle eût jamais eu ce qui soutient les plus déshérités, l'espérance d'être aimée une fois ! »

Inversement, la fortune, ou la chance, sourit aux audacieux, à ceux qui n'hésitent pas à enfreindre les règles du jeu. Labouise et Maillochon, les maraudeurs, quadruplent leur profit, après s'être de surcroît bien amusés des souffrances d'un malheureux âne. Mme Lesable, qui a eu l'intelligence de commettre un discret faux pas, hérite d'un million et peut se permettre d'en remontrer, en matière de vertu, aux « créatures infâmes ». L'appétit du gain pervertit les valeurs. Le plus inquiétant est que l'excès d'un sentiment louable peut, lui aussi, conduire au drame : c'est parce qu'on a tué son fils que la mère Sauvage devient meurtrière, tout comme l'héroïne d'« Une Vendetta » dans *Contes du jour et de la nuit*.

On peut alors dire, avec un poète contemporain de Maupassant : « Et quelle morale ?... aucune. »

Il ne saurait y avoir de morale, pas plus qu'il n'y a de valeurs. Une fois vue « l'autre face des choses, la mauvaise », il n'y a plus qu'à se laisser aller, et commander, comme le vicomte des Barrets : « Garçon, un bock ! »... Le poète déjà cité conclut de même : « Il nous reste à vider les tonnes. »

On ne peut même pas s'en prendre à un Dieu mauvais (Maupassant le fera pourtant plus tard) : il est irresponsable. Tout est conduit par un hasard aveugle qui saccage les rêves et les espérances, qui met au cœur de la richesse le venin d'une trahison, un peu comme les époux Moutonnet, chez Villiers de L'Isle-Adam, dressent entre eux l'image de la guillotine. Le pessimisme, puisé à l'œuvre de Schopenhauer, éclate en ces pages avec une rare constance. « Ce ne sera pas gai », annonce le peintre Léon Chenal avant de narrer son histoire ; « que c'est triste la vie ! » dit M. Saval ; quant à la dernière image de « Miss Harriet », c'est celle d'un break « devenu lourd tout à coup comme s'il eût été chargé de tristesse ». La conclusion d'*Une vie* est dépassée et aggravée : « La vie, voyez-vous, ça n'est jamais si bon ni si mauvais qu'on croit » ; eh bien, non ! la conclusion du roman de 1883 doit être révisée : la vie, décidément, c'est triste ; et si, par hasard, un rire s'y fait entendre, il est inquiétant.

Inquiétant comme le regard que jette Maupassant sur le mystère et les choses inexplicables, sur ce qui déborde le domaine de la vie normale, celle qui est supposée nous entourer : tout ce qui, en somme, est *hors-là*.

Au sein de notre monde, mais coupés de lui, il est des espaces clos qui s'apparentent à un enfer : les personnages y sont définitivement enfermés pour une éternité de souffrance. C'est le cas des employés du ministère, dans « L'Héritage » ; et, pour le vicomte des Barrets, le café où il commande sans cesse des bocks et au seuil duquel il a, selon des termes qui rappellent Dante, laissé l'espérance, est bien un lieu infernal.

Ce volume manifeste un goût spécial de Maupassant pour tous les éléments inconnus qui menacent l'homme. Il peut s'agir de menaces organiques imprévisibles ; cela s'appelle la folie. Plusieurs héros de ces contes pourraient se dire, avec Jules Laforgue :

> « Entends-tu la folie qui plane ?
> Et qui demande le cordon. »

Les contes de la démence vont se faire de plus en plus nombreux et précis, jusqu'à trouver leur forme parfaite avec « Le Horla », ce rôdeur mystérieux de l'invisible qui se repaît de vie d'homme. Déjà, au hasard des pages de ce recueil, des hantises analogues se manifestent. Le père Savon, le scribouillard du conte « L'Héritage », nourrit une solide haine contre les anarchistes, qu'il croit embusqués partout, et cela provoque en lui la « peur mystérieuse d'un inconnu voilé et redoutable » ; de même, le million d'héritage agit sur les époux Lesable comme un « fantôme » contraignant ; autour des maraudeurs de « L'Ane », on croit entendre glisser « des paroles basses, venues on ne sait d'où, [...] errantes dans ces brumes opaques ».

Tout un univers hostile et inquiétant grouille autour de chacun, prêt à subvertir sa raison. Or, quoi de plus faible, de moins fiable que ce trait distinctif de l'homme ? En un instant, tout peut basculer dans l'incompréhensible, le meurtre et le sang ; le valet Denis et la mère Sauvage en apportent la preuve.

Dans cette déroute du monde et de l'être, il y a cependant des éclairs d'espoir, des instants de bonheur aperçu et possédé. Ce sont les courts moments de vie libre au contact de la terre et de l'eau ; vagabondages du peintre Chenal le long de la côte normande, émois des Lesable sur les bords de Seine, à Bezons ; provocante gaieté des canotiers entre Suresnes et Chatou. Minces parcelles de joie dans une existence où l'amour est constamment bafoué et l'espérance interdite, où l'argent fait le bonheur au mépris de la morale, où des pièges tendus guettent sans cesse l'homme. Alors, oui : quand on regarde le monde avec cet œil qui voit l'autre côté des choses, on peut le dire : *que c'est triste la vie !*

LOUIS FORESTIER

MISS HARRIET[1]

I

A Madame...[2]

Nous étions sept dans le break, quatre femmes et
trois hommes, dont un sur le siège à côté du
cocher, et nous montions, au pas des chevaux, la
grande côte où serpentait la route.

Partis d'Étretat dès l'aurore, pour aller visiter les
ruines de Tancarville[3], nous somnolions encore,
engourdis dans l'air frais du matin. Les femmes surtout, peu accoutumées à ces réveils de chasseurs,
laissaient à tout moment retomber leurs paupières,
penchaient la tête ou bien bâillaient, insensibles à
l'émotion du jour levant.

C'était l'automne. Des deux côtés du chemin les
champs dénudés s'étendaient, jaunis par le pied
court des avoines et des blés fauchés qui couvraient
le sol comme une barbe mal rasée. La terre embru-
mée semblait fumer. Des alouettes chantaient en
l'air, d'autres oiseaux pépiaient dans les buissons.

Le soleil enfin se leva devant nous, tout rouge au
bord de l'horizon ; et, à mesure qu'il montait, plus
clair de minute en minute, la campagne parais-

sait s'éveiller, sourire, se secouer, et ôter, comme une fille qui sort du lit, sa chemise de vapeurs blanches.

Le comte d'Étraille, assis sur le siège, cria : « Tenez, un lièvre », et il étendait le bras vers la gauche, indiquant une pièce de trèfle. L'animal filait, presque caché par ce champ, montrant seulement ses grandes oreilles ; puis il détala à travers un labouré, s'arrêta, repartit d'une course folle, changea de direction, s'arrêta de nouveau, inquiet, épiant tout danger, indécis sur la route à prendre ; puis il se remit à courir avec de grands sauts de l'arrière-train, et il disparut dans un large carré de betteraves. Tous les hommes s'éveillèrent, suivant la marche de la bête.

René Lemanoir prononça : « Nous ne sommes pas galants, ce matin », et regardant sa voisine, la petite baronne de Sérennes, qui luttait contre le sommeil, il lui dit à mi-voix : « Vous pensez à votre mari, baronne. Rassurez-vous, il ne revient que samedi. Vous avez encore quatre jours. »

Elle répondit avec un sourire endormi : « Que vous êtes bête ! » Puis, secouant sa torpeur, elle ajouta : « Voyons, dites-nous quelque chose pour nous faire rire. Vous, monsieur Chenal, qui passez pour avoir eu plus de bonnes fortunes que le duc de Richelieu[1], racontez une histoire d'amour qui vous soit arrivée, ce que vous voudrez. »

Léon Chenal, un vieux peintre qui avait été très beau, très fort, très fier de son physique, et très aimé, prit dans sa main sa longue barbe blanche et sourit, puis, après quelques moments de réflexion, il devint grave tout à coup.

« Ce ne sera pas gai, mesdames ; je vais vous raconter le plus lamentable amour de ma vie. Je souhaite à mes amis de n'en point inspirer de semblable. »

II

J'AVAIS alors vingt-cinq ans et je faisais le rapin le long des côtes normandes.

J'appelle « faire le rapin », ce vagabondage sac au dos, d'auberge en auberge, sous prétexte d'études et de paysages sur nature. Je ne sais rien de meilleur que cette vie errante, au hasard. On est libre, sans entraves d'aucune sorte, sans soucis, sans préoccupations, sans penser même au lendemain. On va par le chemin qui vous plaît, sans autre guide que sa fantaisie, sans autre conseiller que le plaisir des yeux. On s'arrête parce qu'un ruisseau vous a séduit, parce qu'on sentait bon les pommes de terre frites devant la porte d'un hôtelier. Parfois c'est un parfum de clématite qui a décidé votre choix, ou l'œillade naïve d'une fille d'auberge. N'ayez point de mépris pour ces rustiques tendresses. Elles ont une âme et des sens aussi, ces filles, et des joues fermes et des lèvres fraîches ; et leur baiser violent est fort et savoureux comme un fruit sauvage. L'amour a toujours du prix, d'où qu'il vienne. Un cœur qui bat quand vous paraissez, un œil qui pleure quand vous partez, sont des choses si rares, si douces, si précieuses, qu'il ne les faut jamais mépriser.

J'ai connu les rendez-vous dans les fossés pleins de primevères, derrière l'étable où dorment les vaches, et sur la paille des greniers encore tièdes de la chaleur du jour. J'ai des souvenirs de grosse toile grise sur des chairs élastiques et rudes, et des regrets de naïves et franches caresses, plus délicates en leur brutalité sincère, que les subtils plaisirs obtenus de femmes charmantes et distinguées.

Mais ce qu'on aime surtout dans ces courses à l'aventure, c'est la campagne, les bois, les levers de soleil, les crépuscules, les clairs de lune. Ce sont, pour les peintres, des voyages de noces avec la terre. On est seul tout près d'elle dans ce long rendez-vous tranquille. On se couche dans une prairie, au milieu des marguerites et des coquelicots, et, les yeux ouverts, sous une claire tombée de soleil, on regarde au loin le petit village avec son clocher pointu qui sonne midi.

On s'assied au bord d'une source qui sort au pied d'un chêne, au milieu d'une chevelure d'herbes frêles, hautes, luisantes de vie. On s'agenouille, on se penche, on boit cette eau froide et transparente qui vous mouille la moustache et le nez, on la boit avec un plaisir physique, comme si on baisait la source, lèvre à lèvre. Parfois, quand on rencontre un trou, le long de ces minces cours d'eau, on s'y plonge, tout nu, et on sent sur sa peau, de la tête aux pieds, comme une caresse glacée et délicieuse, le frémissement du courant vif et léger.

On est gai sur la colline, mélancolique au bord des étangs, exalté lorsque le soleil se noie dans un océan de nuages sanglants et qu'il jette aux rivières des reflets rouges. Et, le soir, sous la lune qui passe au fond du ciel, on songe à mille choses singulières qui ne vous viendraient pas à l'esprit sous la brûlante clarté du jour.

Donc, en errant ainsi par ce pays même où nous

18

sommes cette année, j'arrivai un soir au petit village de Bénouville, sur la falaise, entre Yport et Étretat. Je venais de Fécamp en suivant la côte, la haute côte droite comme une muraille, avec ses saillies de rochers crayeux tombant à pic dans la mer. J'avais marché depuis le matin sur ce gazon ras, fin et souple comme un tapis, qui pousse au bord de l'abîme sous le vent salé du large. Et, chantant à plein gosier, allant à grands pas, regardant tantôt la fuite lente et arrondie d'une mouette promenant sur le ciel bleu la courbe blanche de ses ailes, tantôt, sur la mer verte, la voile brune d'une barque de pêche, j'avais passé un jour heureux d'insouciance et de liberté.

On m'indiqua une petite ferme où on logeait des voyageurs, sorte d'auberge tenue par une paysanne au milieu d'une cour normande entourée d'un double rang de hêtres.

Quittant la falaise, je gagnai donc le hameau enfermé dans ses grands arbres et je me présentai chez la mère Lecacheur.

C'était une vieille campagnarde, ridée, sévère, qui semblait toujours recevoir les pratiques à contrecœur, avec une sorte de méfiance.

Nous étions en mai ; les pommiers épanouis couvraient la cour d'un toit de fleurs parfumées, semaient incessamment une pluie tournoyante de folioles roses qui tombaient sans fin sur les gens et sur l'herbe.

Je demandai : « Eh bien, madame Lecacheur, avez-vous une chambre pour moi ? »

Étonnée de voir que je savais son nom, elle répondit : « C'est selon, tout est loué. On pourrait voir tout de même. »

En cinq minutes nous fûmes d'accord, et je déposai mon sac sur le sol de terre d'une pièce rustique, meublée d'un lit, de deux chaises, d'une table et d'une cuvette. Elle donnait dans la cuisine, grande, enfumée, où les pensionnaires prenaient leurs repas avec les gens de la ferme et la patronne, qui était veuve.

Je me lavai les mains, puis je ressortis. La vieille faisait fricasser un poulet pour le dîner dans sa large cheminée où pendait la crémaillère noire de fumée.

« Vous avez donc des voyageurs en ce moment ? » lui dis-je.

Elle répondit, de son air mécontent : « J'ons eune dame, eune Anglaise d'âge. Alle occupe l'autre chambre. »

J'obtins, moyennant une augmentation de cinq sols par jour, le droit de manger seul dans la cour quand il ferait beau.

On mit donc mon couvert devant la porte, et je commençai à dépecer à coups de dents les membres maigres de la poule normande en buvant du cidre clair et en mâchant du gros pain blanc, vieux de quatre jours, mais excellent.

Tout à coup, la barrière de bois qui donnait sur le chemin s'ouvrit, et une étrange personne se dirigea vers la maison. Elle était très maigre, très grande, tellement serrée dans un châle écossais à carreaux rouges, qu'on l'eût crue privée de bras si on n'avait vu une longue main paraître à la hauteur des hanches, tenant une ombrelle blanche de touriste. Sa figure de momie, encadrée de boudins de cheveux gris roulés, qui sautillaient à chacun de ses pas, me fit penser, je ne sais pourquoi, à un hareng saur qui aurait porté des papillotes. Elle passa devant moi vivement, en baissant les yeux, et s'enfonça dans la chaumière.

Cette singulière apparition m'égaya ; c'était ma voisine assurément, l'Anglaise d'âge dont avait parlé notre hôtesse.

Je ne la revis pas ce jour-là. Le lendemain, comme je m'étais installé pour peindre au fond de ce vallon charmant que vous connaissez et qui descend jusqu'à Étretat, j'aperçus, en levant les yeux tout à coup, quelque chose de singulier dressé sur la crête du coteau ; on eût dit un mât pavoisé. C'était elle. En me voyant elle disparut.

Je rentrai à midi pour déjeuner et je pris place à la table commune, afin de faire connaissance avec cette vieille originale. Mais elle ne répondit pas à mes politesses, insensible même à mes petits soins. Je lui versais de l'eau avec obstination, je lui passais les plats avec empressement. Un léger mouvement de tête, presque imperceptible, et un mot anglais murmuré si bas que je ne l'entendais point, étaient ses seuls remerciements.

Je cessai de m'occuper d'elle, bien qu'elle inquiétât ma pensée.

Au bout de trois jours j'en savais sur elle aussi long que Mme Lecacheur elle-même.

Elle s'appelait Miss Harriet. Cherchant un village perdu pour y passer l'été, elle s'était arrêtée à Bénouville, six semaines auparavant, et ne semblait point disposée à s'en aller. Elle ne parlait jamais à table, mangeait vite, tout en lisant un petit livre de propagande protestante. Elle en distribuait à tout le monde, de ces livres. Le curé lui-même en avait reçu quatre apportés par un gamin moyennant deux sous de commission. Elle disait quelquefois à notre hôtesse, tout à coup, sans que rien préparât cette déclaration : « Je aimé le Seigneur plus que tout : je le admiré dans toute sa création, je le adoré dans toute son nature, je le pôrté toujours dans mon cœur. » Et elle remettait aussitôt à la paysanne interdite une de ses brochures destinées à convertir l'univers.

Dans le village on ne l'aimait point. L'instituteur

ayant déclaré : « C'est une athée », une sorte de réprobation pesait sur elle. Le curé, consulté par Mme Lecacheur, répondit : « C'est une hérétique, mais Dieu ne veut pas la mort du pécheur, et je la crois une personne d'une moralité parfaite. »

Ces mots « athée — hérétique », dont on ignorait le sens précis, jetaient des doutes dans les esprits. On prétendait en outre que l'Anglaise était riche et qu'elle avait passé sa vie à voyager dans tous les pays du monde, parce que sa famille l'avait chassée. Pourquoi sa famille l'avait-elle chassée ? A cause de son impiété, naturellement.

C'était, en vérité, une de ces exaltées à principes, une de ces puritaines opiniâtres comme l'Angleterre en produit tant, une de ces vieilles et bonnes filles insupportables qui hantent toutes les tables d'hôte de l'Europe, gâtent l'Italie, empoisonnent la Suisse, rendent inhabitables les villes charmantes de la Méditerranée, apportent partout leurs manies bizarres, leurs mœurs de vestales pétrifiées, leurs toilettes indescriptibles et une certaine odeur de caoutchouc qui ferait croire qu'on les glisse, la nuit, dans un étui.

Quand j'en apercevais une dans un hôtel, je me sauvais comme les oiseaux qui voient un mannequin dans un champ.

Celle-là cependant me paraissait tellement singulière qu'elle ne me déplaisait point.

Mme Lecacheur, hostile par instinct à tout ce qui n'était pas paysan, sentait en son esprit borné une sorte de haine pour les allures extatiques de la vieille fille. Elle avait trouvé un terme pour la qualifier, un terme méprisant assurément, venu je ne sais comment sur ses lèvres, appelé par je ne sais quel confus et mystérieux travail d'esprit. Elle disait : « C'est une démoniaque. » Et ce mot, collé sur cet être austère et sentimental, me semblait d'un irrésistible comique. Je ne l'appelais plus moi-même que « la démoniaque », éprouvant un plaisir drôle à prononcer tout haut ces syllabes en l'apercevant.

Je demandais à la mère Lecacheur : « Eh bien, qu'est-ce que fait notre démoniaque aujourd'hui ? »

Et la paysanne répondait d'un air scandalisé : « Croiriez-vous, monsieur, qu'all' a ramassé un crapaud dont on avait pilé la patte, et qu'all' l'a porté dans sa chambre, et qu'all' l'a mis dans sa cuvette et qu'all' y met un pansage comme à un homme. Si c'est pas une profanation ! »

Une autre fois, en se promenant au pied de la falaise, elle avait acheté un gros poisson qu'on venait de pêcher, rien que pour le rejeter à la mer. Et le matelot, bien que payé largement, l'avait injuriée à profusion, plus exaspéré que si elle lui eût pris son argent sans sa poche. Après un mois il ne pouvait encore parler de cela sans se mettre en fureur et sans crier des outrages. Oh ! oui, c'était bien une démoniaque, Miss Harriet, la mère Lecacheur avait eu une inspiration de génie en la baptisant ainsi.

Le garçon d'écurie, qu'on appelait Sapeur parce qu'il avait servi en Afrique dans son jeune temps, nourrissait d'autres opinions. Il disait d'un air malin : « Ça est une ancienne qu'a fait son temps. » Si la pauvre fille avait su ?

La petite bonne Céleste ne la servait pas volontiers, sans que j'eusse pu comprendre pourquoi. Peut-être uniquement parce qu'elle était étrangère, d'une autre race, d'une autre langue, et d'une autre religion. C'était une démoniaque enfin !

Elle passait son temps à errer par la campagne, cherchant et adorant Dieu dans la nature. Je la trouvai, un soir, à genoux dans un buisson. Ayant distingué quelque chose de rouge à travers les feuilles, j'écartai les branches, et Miss Harriet se dressa, confuse d'avoir été vue ainsi, fixant sur moi des yeux effarés comme ceux des chats-huants surpris en plein jour.

Parfois, quand je travaillais dans les rochers, je l'apercevais tout à coup sur le bord de la falaise pareille à un signal de sémaphore. Elle regardait passionnément la vaste mer dorée de lumière et le grand ciel empourpré de feu. Parfois je la distinguais au fond d'un vallon, marchant vite, de son pas élastique d'Anglaise ; et j'allais vers elle, attiré je ne sais par quoi, uniquement pour voir son visage d'illuminée, son visage sec, indicible, content d'une joie intérieure et profonde.

Souvent aussi je la rencontrais au coin d'une ferme, assise sur l'herbe, sous l'ombre d'un pommier, avec son petit livre biblique ouvert sur les genoux, et le regard flottant au loin.

Car je ne m'en allais plus, attaché dans ce pays calme par mille liens d'amour pour ses larges et doux paysages. J'étais bien dans cette ferme ignorée, loin de tout, près de la Terre, de la bonne, saine, belle et verte terre que nous engraisserons nous-mêmes de notre corps, un jour. Et peut-être, faut-il l'avouer, un rien de curiosité aussi me retenait chez la mère Lecacheur. J'aurais voulu connaître un peu cette étrange Miss Harriet et savoir ce qui se passe dans les âmes solitaires de ces vieilles Anglaises errantes.

III

Nous fîmes connaissance assez singulièrement. Je venais d'achever une étude qui me paraissait crâne, et qui l'était. Elle fut vendue dix mille francs quinze ans plus tard. C'était plus simple d'ailleurs que deux et deux font quatre et en dehors des règles académiques. Tout le côté droit de ma toile représentait une roche, une énorme roche à verrues, couverte de varechs bruns, jaunes et rouges, sur qui le soleil coulait comme de l'huile. La lumière, sans qu'on vît l'astre caché derrière moi, tombait sur la pierre et la dorait de feu. C'était ça. Un premier plan étourdissant de clarté, enflammé, superbe.

A gauche la mer, pas la mer bleue, la mer d'ardoise, mais la mer de jade, verdâtre, laiteuse et dure aussi sous le ciel foncé[1].

J'étais tellement content de mon travail, que je dansais en le rapportant à l'auberge. J'aurais voulu que le monde entier le vît tout de suite. Je me rappelle que je le montrai à une vache au bord du sentier, en lui criant :

« Regarde ça, ma vieille ! Tu n'en verras pas souvent de pareilles. »

En arrivant devant la maison, j'appelai aussitôt la mère Lecacheur en braillant à tue-tête :

« Ohé ! ohé ! La patronne, amenez-vous et pigez-moi ça. »

La paysanne arriva et considéra mon œuvre de son œil stupide qui ne distinguait rien, qui ne voyait même pas si cela représentait un bœuf ou une maison.

Miss Harriet rentrait, et elle passait derrière moi juste au moment où, tenant ma toile à bout de bras, je la montrais à l'aubergiste. La démoniaque ne put pas ne pas la voir, car j'avais soin de présenter là chose de telle sorte qu'elle n'échappât point à son œil. Elle s'arrêta net, saisie, stupéfaite. C'était sa roche, paraît-il, celle où elle grimpait pour rêver à son aise.

Elle murmura un « Aoh ! » britannique si accentué et si flatteur, que je me tournai vers elle en souriant ; et je lui dis :

« C'est ma dernière étude, mademoiselle. »

Elle murmura, extasiée, comique et attendrissante :

« Oh ! monsieur, vô comprené la nature d'une fâçon palpitante. »

Je rougis, ma foi, plus ému par ce compliment que s'il fût venu d'une reine. J'étais séduit, conquis, vaincu. Je l'aurais embrassée, parole d'honneur !

Je m'assis à table à côté d'elle, comme toujours. Pour la première fois elle parla, continuant à haute voix sa pensée : « Oh ! j'aimé tant le nature ! »

Je lui offris du pain, de l'eau, du vin. Elle acceptait maintenant avec un petit sourire de momie. Et je commençai à causer paysage.

Après le repas, nous étant levés ensemble, nous nous mîmes à marcher à travers la cour ; puis, attiré sans doute par l'incendie formidable que le soleil couchant allumait sur la mer, j'ouvris la barrière qui donnait vers la falaise, et nous voilà partis, côte à côte, contents comme deux personnes qui viennent de se comprendre et de se pénétrer.

C'était un soir tiède, amolli, un de ces soirs de bien-être où la chair et l'esprit sont heureux. Tout est jouissance et tout est charme. L'air tiède, embaumé, plein de senteurs d'herbes et de senteurs d'algues, caresse l'odorat de son parfum sauvage, caresse le palais de sa saveur marine, caresse l'esprit de sa douceur pénétrante. Nous allions maintenant au bord de l'abîme, au-dessus de la vaste mer qui roulait, à cent mètres sous nous, ses petits flots. Et nous buvions, la bouche ouverte et la poitrine dilatée, ce souffle frais qui avait passé l'Océan et qui nous glissait sur la peau, lent et salé par le long baiser des vagues.

Serrée dans son châle à carreaux, l'air inspiré, les dents au vent, l'Anglaise regardait l'énorme soleil s'abaisser vers la mer. Devant nous, là-bas, à la limite de la vue, un trois-mâts couvert de voiles dessinait sa silhouette sur le ciel enflammé, et un vapeur, plus proche, passait en déroulant sa fumée qui laissait derrière lui un nuage sans fin traversant tout l'horizon.

Le globe rouge descendait toujours, lentement. Et bientôt il toucha l'eau, juste derrière le navire immobile qui apparut, comme dans un cadre de feu, au milieu de l'astre éclatant. Il s'enfonçait peu à peu, dévoré par l'Océan. On le voyait plonger, diminuer, disparaître. C'était fini. Seul le petit bâtiment montrait toujours son profil découpé sur le fond d'or du ciel lointain.

Miss Harriet contemplait d'un regard passionné la fin flamboyante du jour. Et elle avait certes une envie immodérée d'étreindre le ciel, la mer, tout l'horizon.

Elle murmura : « Aoh ! j'aimé... j'aimé... j'aimé... » Je vis une larme dans son œil. Elle reprit : « Je vôdré être une petite oiseau pour m'envolé dans le firmament. »

Et elle restait debout, comme je l'avais vue souvent, piquée sur la falaise, rouge aussi dans son châle de pourpre. J'eus envie de la croquer sur mon album. On eût dit la caricature de l'extase.

Je me retournai pour ne pas sourire.

Puis, je lui parlai peinture, comme j'aurais fait à un camarade, notant les tons, les valeurs, les vigueurs, avec des termes du métier. Elle m'écoutait attentivement, comprenant, cherchant à deviner le sens obscur des mots, à pénétrer ma pensée. De temps en temps elle prononçait : « Oh ! je comprené, je comprené. C'été très palpitante. »

Nous rentrâmes.

Le lendemain, en m'apercevant, elle vint vivement me tendre la main. Et nous fûmes amis tout de suite.

C'était une brave créature qui avait une sorte d'âme à ressorts, partant par bonds dans l'enthousiasme. Elle manquait d'équilibre, comme toutes les femmes restées filles à cinquante ans. Elle semblait confite dans une innocence surie ; mais elle avait gardé au cœur quelque chose de très jeune, d'enflammé. Elle aimait la nature et les bêtes, de l'amour exalté, fermenté comme une boisson trop vieille, de l'amour sensuel qu'elle n'avait point donné aux hommes.

Il est certain que la vue d'une chienne allaitant, d'une jument courant dans un pré avec son poulain dans les jambes, d'un nid d'oiseau plein de petits, piaillant, le bec ouvert, la tête énorme, le corps tout nu, la faisait palpiter d'une émotion exagérée.

Pauvres êtres solitaires, errants et tristes des tables d'hôte, pauvres êtres ridicules et lamentables, je vous aime depuis que j'ai connu celui-là !

Je m'aperçus bientôt qu'elle avait quelque chose à me dire, mais elle n'osait point, et je m'amusais de sa timidité. Quand je partais, le matin, avec ma boîte sur le dos, elle m'accompagnait jusqu'au bout du village, muette, visiblement anxieuse et cherchant ses mots pour commencer. Puis elle me quittait brusquement et s'en allait vite, de son pas sautillant.

Un jour enfin, elle prit courage : « Je vôdré voir vô comment vô faites le peinture ? Volé vô ? Je été très curieux. » Et elle rougissait comme si elle eût prononcé des paroles extrêmement audacieuses.

Je l'emmenai au fond du Petit-Val, où je commençais une grande étude.

Elle resta debout derrière moi, suivant tous mes gestes avec une attention concentrée.

Puis soudain, craignant peut-être de me gêner, elle me dit : « Merci » et s'en alla.

Mais en peu de temps elle devint plus familière et elle se mit à m'accompagner chaque jour avec un plaisir visible. Elle appportait sous son bras son pliant, ne voulant point permettre que je le prisse, et elle s'asseyait à mon côté. Elle demeurait là pendant des heures, immobile et muette, suivant de l'œil le bout de mon pinceau dans tous ses mouvements. Quand j'obtenais, par une large plaque de couleur posée brusquement avec le couteau, un effet juste et inattendu, elle poussait malgré elle un petit « Aoh » d'étonnement, de joie et d'admiration. Elle avait un sentiment de respect attendri pour mes toiles, de respect presque religieux pour cette reproduction humaine d'une parcelle de l'œuvre divine. Mes études lui apparaissaient comme des sortes de tableaux de sainteté ; et parfois elle me parlait de Dieu, essayant de me convertir.

Oh ! c'était un drôle de bonhomme que son bon Dieu, une sorte de philosophe de village, sans grands moyens et sans grande puissance, car elle se le figurait toujours désolé des injustices commises sous ses yeux — comme s'il n'avait pas pu les empêcher.

Elle était, d'ailleurs, en termes excellents avec lui, paraissant même confidente de ses secrets et de ses contrariétés. Elle disait : « Dieu veut » ou « Dieu ne veut pas », comme un sergent qui annoncerait au conscrit que : « Le colonel il a ordonné. »

Elle déplorait du fond du cœur mon ignorance des intentions célestes qu'elle s'efforçait de me révéler ; et je trouvais chaque jour dans mes poches, dans mon chapeau quand je le laissais par terre, dans ma boîte à couleurs, dans mes souliers cirés devant ma porte au matin, ces petites brochures de piété qu'elle recevait sans doute directement du Paradis.

Je la traitais comme une ancienne amie, avec une franchise cordiale. Mais je m'aperçus bientôt que ses allures avaient un peu changé. Je n'y pris pas garde dans les premiers temps.

Quand je travaillais, soit au fond de mon vallon, soit dans quelque chemin creux, je la voyais soudain paraître, arrivant de sa marche rapide et scandée. Elle s'asseyait brusquement, essoufflée comme si elle eût couru ou comme si quelque émotion profonde l'agitait. Elle était fort rouge, de ce rouge anglais qu'aucun autre peuple ne possède ; puis, sans raison, elle pâlissait, devenait couleur de terre et semblait près de défaillir. Peu à peu, cependant, je la voyais reprendre sa physionomie ordinaire et elle se mettait à parler.

Puis tout à coup, elle laissait une phrase au milieu, se levait et se sauvait si vite et si étrangement que je cherchais si je n'avais rien fait qui pût lui déplaire ou la blesser.

Enfin je pensai que ce devaient être là ses allures normales, un peu modifiées sans doute en mon honneur dans les premiers temps de notre connaissance.

Quand elle rentrait à la ferme après des heures de marche sur la côte battue du vent, ses longs cheveux tordus en spirales s'étaient souvent déroulés et pendaient comme si leur ressort eût été cassé. Elle ne s'en inquiétait guère, autrefois, et s'en venait dîner sans gêne, dépeignée ainsi par sa sœur la brise.

Maintenant elle montait dans sa chambre pour rajuster ce que j'appelais ses verres de lampe ; et quand je lui disais avec une galanterie familière qui la scandalisait toujours : « Vous êtes belle comme un astre aujourd'hui, Miss Harriet », un peu de sang lui montait aussitôt aux joues, du sang de jeune fille, du sang de quinze ans.

Puis elle redevint tout à fait sauvage et cessa de venir me voir peindre. Je pensai : « C'est une crise, cela se passera. » Mais cela ne se passait point. Quand je lui parlais, maintenant, elle me répondait, soit avec une indifférence affectée, soit avec une irritation sourde. Et elle avait des brusqueries, des impatiences, des nerfs. Je ne l'apercevais qu'au repas et nous ne causions plus guère. Je pensai vraiment que je l'avais froissée en quelque chose ; et je lui demandai un soir : « Miss Harriet, pourquoi n'êtes-vous plus avec moi comme autrefois ? Qu'est-ce que j'ai fait pour vous déplaire ? Vous me causez beaucoup de peine ! »

Elle répondit, avec un accent de colère tout à fait drôle : « J'été toujours avec vô le même qu'autre-

fois. Ce n'été pas vrai, pas vrai », et elle courut
s'enfermer dans sa chambre.

Elle me regardait par moments d'une étrange
façon. Je me suis dit souvent depuis ce temps que
les condamnés à mort doivent regarder ainsi quand
on leur annonce le dernier jour. Il y avait dans son
œil une espèce de folie, une folie mystique et violente ; et autre chose encore, une fièvre, un désir
exaspéré, impatient et impuissant de l'irréalisé et
de l'irréalisable ! Et il me semblait qu'il y avait aussi
en elle un combat où son cœur luttait contre une
force inconnue qu'elle voulait dompter, et
peut-être encore autre chose... Que sais-je ? que
sais-je ?

IV

Ce fut vraiment une singulière révélation.

Depuis quelque temps je travaillais chaque matin, dès l'aurore, à un tableau dont voici le sujet :

Un ravin profond, encaissé, dominé par deux talus de ronces et d'arbres s'allongeait, perdu, noyé dans cette vapeur laiteuse, dans cette ouate qui flotte parfois sur les vallons, au lever du jour. Et tout au fond de cette brume épaisse et transparente, on voyait venir, ou plutôt on devinait, un couple humain, un gars et une fille, embrassés, enlacés, elle la tête levée vers lui, lui penché vers elle, et bouche à bouche[1].

Un premier rayon de soleil, glissant entre les branches, traversait ce brouillard d'aurore, l'illuminait d'un reflet rose derrière les rustiques amoureux, faisait passer leurs ombres vagues dans une clarté argentée. C'était bien, ma foi, fort bien.

Je travaillais dans la descente qui mène au petit val d'Étretat. J'avais par chance, ce matin-là, la buée flottante qu'il me fallait.

Quelque chose se dressa devant moi, comme un fantôme : c'était Miss Harriet. En me voyant elle voulut fuir. Mais je l'appelai, criant : « Venez, venez

33

donc, mademoiselle, j'ai un petit tableau pour vous. »

Elle s'approcha, comme à regret. Je lui tendis mon esquisse. Elle ne dit rien, mais elle demeura longtemps immobile à regarder, et brusquement elle se mit à pleurer. Elle pleurait avec des spasmes nerveux comme les gens qui ont beaucoup lutté contre les larmes, et qui ne peuvent plus, qui s'abandonnent en résistant encore. Je me levai d'une secousse, ému moi-même de ce chagrin que je ne comprenais pas, et je lui pris les mains par un mouvement d'affection brusque, un vrai mouvement de Français qui agit plus vite qu'il ne pense.

Elle laissa quelques secondes ses mains dans les miennes, et je les sentis frémir comme si tous ses nerfs se fussent tordus. Puis elle les retira brusquement, ou plutôt, les arracha.

Je l'avais reconnu, ce frisson-là, pour l'avoir déjà senti ; et rien ne m'y tromperait. Ah ! le frisson d'amour d'une femme, qu'elle ait quinze ou cinquante ans, qu'elle soit du peuple ou du monde, me va si droit au cœur que je n'hésite jamais à le comprendre.

Tout son pauvre être avait tremblé, vibré, défailli. Je le savais. Elle s'en alla sans que j'eusse dit un mot, me laissant surpris comme devant un miracle, et désolé comme si j'eusse commis un crime.

Je ne rentrai pas pour déjeuner. J'allai faire un tour au bord de la falaise, ayant autant envie de pleurer que de rire, trouvant l'aventure comique et déplorable, me sentant ridicule et la jugeant malheureuse à devenir folle.

Je me demandais ce que je devais faire.

Je jugeai que je n'avais plus qu'à partir, et j'en pris tout de suite la résolution.

Après avoir vagabondé jusqu'au dîner, un peu

triste, un peu rêveur, je rentrai à l'heure de la soupe.

On se mit à table comme de coutume. Miss Harriet était là, mangeait gravement, sans parler à personne et sans lever les yeux. Elle avait d'ailleurs son visage et son allure ordinaires.

J'attendis la fin du repas, puis, me tournant vers la patronne : « Eh bien, madame Lecacheur, je ne vais pas tarder à vous quitter. »

La bonne femme, surprise et chagrine, s'écria de sa voix traînante : « Qué qu' vous dites là, mon brave monsieur ? vous allez nous quitter ! J'étions si bien accoutumés à vous ! »

Je regardai de coin Miss Harriet ; sa figure n'avait point tressailli. Mais Céleste, la petite bonne, venait de lever les yeux vers moi. C'était une grosse fille de dix-huit ans, rougeaude, fraîche, forte comme un cheval, et propre, chose rare. Je l'embrassais quelquefois dans les coins, par habitude de coureur d'auberges, rien de plus.

Et le dîner s'acheva.

J'allai fumer ma pipe sous les pommiers, en marchant de long en large, d'un bout à l'autre de la cour. Toutes les réflexions que j'avais faites dans le jour, l'étrange découverte du matin, cet amour grotesque et passionné attaché à moi, des souvenirs venus à la suite de cette révélation, des souvenirs charmants et troublants, peut-être aussi ce regard de servante levé sur moi à l'annonce de mon départ, tout cela mêlé, combiné, me mettait maintenant une humeur gaillarde au corps, un picotement de baisers sur les lèvres, et, dans les veines, ce je ne sais quoi qui pousse à faire des bêtises.

La nuit venait, glissant son ombre sous les arbres et j'aperçus Céleste qui s'en allait fermer le poulailler de l'autre côté de l'enclos. Je m'élançai, courant à pas si légers qu'elle n'entendit rien, et comme elle se relevait, après avoir baissé la petite trappe par où entrent et sortent les poules, je la saisis à pleins bras, jetant sur sa figure large et grasse une grêle de caresses. Elle se débattait, riant tout de même, accoutumée à cela.

Pourquoi l'ai-je lâchée vivement ? Pourquoi me suis-je retourné d'une secousse ? Comment ai-je senti quelqu'un derrière moi ?

C'était Miss Harriet qui rentrait, et qui nous avait vus, et qui restait immobile comme en face d'un spectre. Puis elle disparut dans la nuit.

Je revins honteux, troublé, plus désespéré d'avoir été surpris ainsi par elle que si elle m'avait trouvé commettant quelque acte criminel.

Je dormis mal, énervé à l'excès, hanté de pensées tristes. Il me sembla entendre pleurer. Je me trompais sans doute. Plusieurs fois aussi je crus qu'on marchait dans la maison et qu'on ouvrait la porte du dehors.

Vers le matin la fatigue m'accablant, le sommeil enfin me saisit. Je m'éveillai tard et ne me montrai que pour le déjeuner, confus encore, ne sachant quelle contenance garder.

On n'avait point aperçu Miss Harriet. On l'attendit ; elle ne parut pas. La mère Lecacheur entra dans sa chambre, l'Anglaise était partie. Elle avait dû même sortir dès l'aurore, comme elle sortait souvent, pour voir se lever le soleil.

On ne s'en étonna point et on se mit à manger en silence.

Il faisait chaud, très chaud, c'était un de ces jours brûlants et lourds où pas une feuille ne remue. On avait tiré la table dehors, sous un pommier ; et de temps en temps Sapeur allait remplir au cellier la cruche de cidre, tant on buvait. Céleste apportait les plats de la cuisine, un ragoût de mouton aux pommes de terre, un lapin sauté et une salade. Puis elle posa devant nous une assiette de cerises, les premières de la saison.

Voulant les laver et les rafraîchir, je priai la petite bonne d'aller me tirer un seau d'eau bien froide.

Elle revint au bout de cinq minutes en déclarant que le puits était tari. Ayant laissé descendre toute la corde, le seau avait touché le fond, puis il était remonté vide. La mère Lecacheur voulut se rendre compte par elle-même, et s'en alla regarder le trou. Elle revint en annonçant qu'on voyait bien quelque chose dans son puits, quelque chose qui n'était pas naturel. Un voisin sans doute y avait jeté des bottes de paille, par vengeance.

Je voulus aussi regarder, espérant que je saurais mieux distinguer, et je me penchai sur le bord. J'aperçus vaguement un objet blanc. Mais quoi ? J'eus alors l'idée de descendre une lanterne au bout d'une corde. La lueur jaune dansait sur les parois de pierre, s'enfonçant peu à peu. Nous étions tous les quatre inclinés sur l'ouverture, Sapeur et Céleste nous ayant rejoints. La lanterne s'arrêta au-dessus d'une masse indistincte, blanche et noire, singulière, incompréhensible. Sapeur s'écria :

« C'est un cheval. Je vé le sabot. Y s'ra tombé c'te nuit après s'avoir écapé du pré. »

Mais soudain, je frissonnai jusqu'aux moelles. Je venais de reconnaître un pied, puis une jambe dressée ; le corps entier et l'autre jambe disparaissaient sous l'eau.

Je balbutiai, très bas, et tremblant si fort que la lanterne dansait éperdument au-dessus du soulier :

« C'est une femme qui... qui... qui est là-dedans... c'est Miss Harriet. »

Sapeur seul ne sourcilla pas. Il en avait vu bien d'autres en Afrique !

La mère Lecacheur et Céleste se mirent à pousser des cris perçants, et elles s'enfuirent en courant.

Il fallut faire le sauvetage de la morte. J'attachai solidement le valet par les reins et je le descendis ensuite au moyen de la poulie, très lentement, en le regardant s'enfoncer dans l'ombre. Il tenait aux mains la lanterne et une autre corde. Bientôt sa voix, qui semblait venir du centre de la terre, cria : « Arr'tez » ; et je le vis qui repêchait quelque chose dans l'eau, l'autre jambe, puis il ligatura les deux pieds ensemble et cria de nouveau : « Halez. »

Je le fis remonter ; mais je me sentais les bras cassés, les muscles mous, j'avais peur de lâcher l'attache et de laisser retomber l'homme. Quand sa tête apparut à la margelle, je demandai : « Eh bien ? » comme si je m'étais attendu à ce qu'il me donnât des nouvelles de celle qui était là, au fond.

Nous montâmes tous deux sur la pierre du rebord et, face à face, penchés sur l'ouverture, nous nous mîmes à hisser le corps.

La mère Lecacheur et Céleste nous guettaient de loin, cachées derrière le mur de la maison. Quand elles aperçurent, sortant du trou, les souliers noirs et les bas blancs de la noyée, elles disparurent.

Sapeur saisit les chevilles, et on la tira de là, la pauvre et chaste fille, dans la posture la plus immodeste. La tête était affreuse, noire et déchirée ; et ses longs cheveux gris, tout à fait dénoués, déroulés pour toujours, pendaient, ruisselants et fangeux. Sapeur prononça d'un ton de mépris :

« Nom d'un nom, qu' all' est maigre ! »

Nous la portâmes dans sa chambre, et comme les deux femmes ne paraissaient point, je fis sa toilette mortuaire avec le valet d'écurie.

Je lavai sa triste face décomposée. Sous mon doigt un œil s'ouvrit un peu, qui me regarda de ce regard pâle, de ce regard froid, de ce regard terrible des cadavres, qui semble venir de derrière la vie. Je soignai comme je le pus ses cheveux répandus, et, de mes mains inhabiles, j'ajustai sur son front une coiffure nouvelle et singulière. Puis j'enlevai ses vêtements trempés d'eau, découvrant un peu, avec honte, comme si j'eusse commis une profanation, ses épaules et sa poitrine, et ses longs bras aussi minces que des branches.

Puis, j'allai chercher des fleurs, des coquelicots, des bleuets, des marguerites et de l'herbe fraîche et parfumée, dont je couvris sa couche funèbre.

Puis il me fallut remplir les formalités d'usage, étant seul auprès d'elle. Une lettre trouvée dans sa poche, écrite au dernier moment, demandait qu'on l'enterrât dans ce village où s'étaient passés ses derniers jours. Une pensée affreuse me serra le cœur. N'était-ce point à cause de moi qu'elle voulait rester en ce lieu ?

Vers le soir, les commères du village s'en vinrent pour contempler la défunte ; mais j'empêchai qu'on entrât ; je voulais rester seul près d'elle ; et je veillai toute la nuit.

Je la regardais à la lueur des chandelles, la misérable femme inconnue à tous, morte si loin, si lamentablement. Laissait-elle quelque part des amis, des parents ? Qu'avaient été son enfance, sa vie ? D'où venait-elle ainsi, toute seule, errante, perdue, comme un chien chassé de sa maison ? Quel secret de souffrance et de désespoir était enfermé dans ce corps disgracieux, dans ce corps porté, ainsi qu'une tare honteuse, durant toute son existence, enveloppe ridicule qui avait chassé loin d'elle toute affection et tout amour ?

Comme il y a des êtres malheureux ! Je sentais peser sur cette créature humaine l'éternelle injustice de l'implacable nature ! C'était fini pour elle, sans que, peut-être, elle eût jamais eu ce qui soutient les plus déshérités, l'espérance d'être aimée une fois ! Car pourquoi se cachait-elle ainsi, fuyait-elle les autres ? Pourquoi aimait-elle d'une tendresse si passionnée toutes les choses et tous les êtres vivants qui ne sont point les hommes ?

Et je comprenais qu'elle crût à Dieu, celle-là, et qu'elle eût espéré ailleurs la compensation de sa misère. Elle allait maintenant se décomposer et devenir plante à son tour. Elle fleurirait au soleil, serait broutée par les vaches, emportée en graine par les oiseaux, et, chair des bêtes, elle redeviendrait de la chair humaine. Mais ce qu'on appelle l'âme s'était éteint au fond du puits noir. Elle ne souffrait plus. Elle avait changé sa vie contre d'autres vies qu'elle ferait naître.

Les heures passaient dans ce tête-à-tête sinistre et silencieux. Une lueur pâle annonça l'aurore ; puis un rayon rouge glissa jusqu'au lit, mit une barre de feu sur les draps et sur les mains. C'était l'heure qu'elle aimait tant. Les oiseaux réveillés chantaient dans les arbres.

J'ouvris toute grande la fenêtre, j'écartai les rideaux pour que le ciel entier nous vît, et, me penchant sur le cadavre glacé, je pris dans mes mains la tête défigurée, puis, lentement, sans terreur et sans dégoût, je mis un baiser, un long baiser, sur ces lèvres qui n'en avaient jamais reçu.

. . . .

Léon Chenal se tut. Les femmes pleuraient. On entendait sur le siège le comte d'Étraille se moucher coup sur coup. Seul le cocher sommeillait. Et les chevaux, qui ne sentaient plus le fouet, avaient ralenti leur marche, tiraient mollement. Et le break n'avançait plus qu'à peine, devenu lourd tout à coup comme s'il eût été chargé de tristesse.

L'HÉRITAGE[1]

I

A Catulle Mendès[2].

Bien qu'il ne fût pas encore dix heures, les employés arrivaient comme un flot sous la grande porte du ministère de la Marine, venus en hâte de tous les coins de Paris, car on approchait du jour de l'an, époque de zèle et d'avancements. Un bruit de pas pressés emplissait le vaste bâtiment tortueux comme un labyrinthe et que sillonnaient d'inextricables couloirs, percés par d'innombrables portes donnant entrée dans les bureaux[3].

Chacun pénétrait dans sa case, serrait la main du collègue arrivé déjà, enlevait sa jaquette, passait le vieux vêtement de travail et s'asseyait devant sa table où des papiers entassés l'attendaient. Puis on allait aux nouvelles dans les bureaux voisins. On s'informait d'abord si le chef était là, s'il avait l'air bien luné, si le courrier du jour était volumineux.

Le commis d'ordre[4] du « matériel général »,

M. César Cachelin, un ancien sous-officier d'infanterie de marine, devenu commis principal par la force du temps, enregistrait sur un grand livre toutes les pièces que venait d'apporter l'huissier du cabinet. En face de lui l'expéditionnaire, le père Savon, un vieil abruti célèbre dans tout le ministère par ses malheurs conjugaux, transcrivait, d'une main lente, une dépêche du chef, et s'appliquait, le corps de côté, l'œil oblique, dans une posture roide de copiste méticuleux.

M. Cachelin, un gros homme dont les cheveux blancs et courts se dressaient en brosse sur le crâne, parlait tout en accomplissant sa besogne quotidienne : « Trente-deux dépêches de Toulon. Ce port-là nous en donne autant que les quatre autres réunis[1]. » Puis il posa au père Savon la question qu'il lui adressait tous les matins : « Eh bien, mon père Savon, comment va madame ? »

Le vieux, sans interrompre sa besogne, répondit : « Vous savez bien, monsieur Cachelin, que ce sujet m'est fort pénible. »

Et le commis d'ordre se mit à rire, comme il riait tous les jours, en entendant cette même phrase.

La porte s'ouvrit et M. Maze entra. C'était un beau garçon brun, vêtu avec une élégance exagérée, et qui se jugeait déclassé, estimant son physique et ses manières au-dessus de sa position. Il portait de grosses bagues, une grosse chaîne de montre, un monocle, par chic, car il l'enlevait pour travailler, et il avait un fréquent mouvement des poignets pour mettre bien en vue ses manchettes ornées de gros boutons luisants.

Il demanda, dès la porte : « Beaucoup de besogne aujourd'hui ? » M. Cachelin répondit : « C'est toujours Toulon qui donne. On voit bien que le jour de l'an approche ; ils font du zèle, là-bas. »

Mais un autre employé, farceur et bel esprit,

M. Pitolet, apparut à son tour et demanda en riant : « Avec ça que nous n'en faisons pas, du zèle ? »

Puis, tirant sa montre, il déclara : « Dix heures moins sept minutes, et tout le monde au poste ! Mazette ! comment appelez-vous ça ? Et je vous parie bien que Sa Dignité M. Lesable était arrivé à neuf heures en même temps que notre illustre chef. »

Le commis d'ordre cessa d'écrire, posa sa plume sur son oreille, et s'accoudant au pupitre : « Oh ! celui-là, par exemple, s'il ne réussit pas, ce ne sera point faute de peine ! »

Et M. Pitolet, s'asseyant sur le coin de la table et balançant la jambe, répondit : « Mais il réussira, papa Cachelin, il réussira, soyez-en sûr. Je vous parie vingt francs contre un sou qu'il sera chef avant dix ans ? »

M. Maze, qui roulait une cigarette en se chauffant les cuisses au feu, prononça : « Zut ! Quant à moi, j'aimerais mieux rester toute ma vie à deux mille quatre que de me décarcasser comme lui. »

Pitolet pivota sur ses talons, et, d'un ton goguenard : « Ce qui n'empêche pas, mon cher, que vous êtes ici, aujourd'hui 20 décembre, avant dix heures. »

Mais l'autre haussa les épaules d'un air indifférent : « Parbleu ! je ne veux pas non plus que tout le monde me passe sur le dos ! Puisque vous venez ici voir lever l'aurore, j'en fais autant, bien que je déplore votre empressement. De là à appeler le chef « cher maître », comme fait Lesable, et à partir à six heures et demie, et à emporter de la besogne à domicile, il y a loin. D'ailleurs, moi, je suis du monde, et j'ai d'autres obligations qui me prennent du temps. »

M. Cachelin avait cessé d'enregistrer et il demeurait songeur, le regard perdu devant lui. Enfin il demanda : « Croyez-vous qu'il ait encore son avancement cette année ? »

Pitolet s'écria : « Je te crois, qu'il l'aura, et plutôt dix fois qu'une. Il n'est pas roublard pour rien. »

Et on parla de l'éternelle question des avancements et des gratifications qui, depuis un mois, affolait cette grande ruche de bureaucrates, du rez-de-chaussée jusqu'au toit.

On supputait les chances, on supposait les chiffres, on balançait les titres, on s'indignait d'avance des injustices prévues. On recommençait sans fin des discussions soutenues la veille et qui devaient revenir invariablement le lendemain avec les mêmes raisons, les mêmes arguments et les mêmes mots.

Un nouveau commis entra, petit, pâle, l'air malade, M. Boissel, qui vivait comme dans un roman d'Alexandre Dumas père. Tout pour lui devenait aventure extraordinaire, et il racontait chaque matin à Pitolet, son compagnon, ses rencontres étranges de la veille au soir, les drames supposés de sa maison, les cris poussés dans la rue qui lui avaient fait ouvrir sa fenêtre à trois heures vingt de la nuit. Chaque jour il avait séparé des combattants, arrêté des chevaux, sauvé des femmes en danger, et bien que d'une déplorable faiblesse physique, il citait sans cesse, d'un ton traînard et convaincu, des exploits accomplis par la force de son bras.

Dès qu'il eut compris qu'on parlait de Lesable, il déclara : « A quelque jour je lui dirai son fait à ce morveux-là ; et, s'il me passe jamais sur le dos, je le secouerai d'une telle façon que je lui enlèverai l'envie de recommencer ! »

Maze, qui fumait toujours, ricana : « Vous feriez bien, dit-il, de commencer dès aujourd'hui, car je sais de source certaine que vous êtes mis de côté cette année pour céder la place à Lesable. »

Boissel leva la main : « Je vous jure que si... »

La porte s'était ouverte encore une fois et un jeune homme de petite taille, portant des favoris d'officier de marine ou d'avocat, un col droit très haut, et qui précipitait ses paroles comme s'il n'eût jamais pu trouver le temps de terminer tout ce qu'il avait à dire, entra vivement d'un air préoccupé. Il distribua des poignées de main en homme qui n'a pas le loisir de flâner, et s'approchant du commis d'ordre : « Mon cher Cachelin, voulez-vous me donner le dossier Chapelou, fil de caret[1], Toulon, A.T.V. 1875 ? »

L'employé se leva, atteignit un carton au-dessus de sa tête, prit dedans un paquet de pièces enfermées dans une chemise bleue, et le présentant : « Voici, monsieur Lesable, vous n'ignorez pas que le chef a enlevé hier trois dépêches dans ce dossier ?

— Oui. Je les ai, merci. »

Et le jeune homme sortit d'un pas pressé.

A peine fut-il parti, Maze déclara : « Hein ! quel chic ! On jurerait qu'il est déjà chef. »

Et Pitolet répliqua : « Patience ! patience ! il le sera avant nous tous. »

M. Cachelin ne s'était pas remis à écrire. On eût dit qu'une pensée fixe l'obsédait. Il demanda encore : « Il a un bel avenir, ce garçon-là ? »

Et Maze murmura d'un ton dédaigneux : « Pour ceux qui jugent le ministère une carrière — oui. — Pour les autres — c'est peu... »

Pitolet l'interrompit : « Vous avez peut-être l'intention de devenir ambassadeur ? »

L'autre fit un geste impatient : « Il ne s'agit pas de moi. Moi, je m'en fiche ! Cela n'empêche que la situation de chef de bureau ne sera jamais grand-chose dans le monde. »

Le père Savon, l'expéditionnaire, n'avait point cessé de copièr. Mais depuis quelques instants, il trempait coup sur coup sa plume dans l'encrier, puis l'essuyait obstinément sur l'éponge imbibée d'eau qui entourait le godet, sans parvenir à tracer une lettre. Le liquide noir glissait le long de la pointe de métal et tombait, en pâtés ronds, sur le papier. Le bonhomme, effaré et désolé, regardait son expédition qu'il lui faudrait recommencer, comme tant d'autres depuis quelque temps, et il dit d'une voix basse et triste :

« Voici encore de l'encre falsifiée !... »

Un éclat de rire violent jaillit de toutes les bouches. Cachelin secouait la table avec son ventre ; Maze se courbait en deux comme s'il allait entrer à reculons dans la cheminée ; Pitolet tapait du pied, toussait, agitait sa main droite comme si elle eût été mouillée, et Boissel lui-même étouffait, bien qu'il prît généralement les choses plutôt au tragique qu'au comique.

Mais le père Savon, essuyant enfin sa plume au pan de sa redingote, reprit : « Il n'y a pas de quoi rire. Je suis obligé de refaire deux ou trois fois tout mon travail. »

Il tira de son buvard une autre feuille, ajusta dedans son transparent et recommença l'en-tête : « Monsieur le ministre et cher collègue... » La plume maintenant gardait l'encre et traçait les lettres nettement. Et le vieux reprit sa pose oblique et continua sa copie.

Les autres n'avaient point cessé de rire. Ils s'étranglaient. C'est que depuis bientôt six mois on continuait la même farce au bonhomme, qui ne s'apercevait de rien. Elle consistait à verser quelques gouttes d'huile sur l'éponge mouillée pour décrasser les plumes. L'acier, se trouvant ainsi enduit de liquide gras, ne prenait plus l'encre ; et l'expéditionnaire passait des heures à s'étonner et à se désoler, usait des boîtes de plumes et des bouteilles d'encre, et déclarait enfin que les fournitures de bureau étaient devenues tout à fait défectueuses.

Alors la charge avait tourné à l'obsession et au supplice[1]. On mêlait de la poudre de chasse au tabac du vieux, on versait des drogues dans sa carafe d'eau, dont il buvait un verre de temps en temps, et on lui avait fait croire que, depuis la Commune, la plupart des matières d'un usage courant avaient été falsifiées ainsi par les socialistes, pour faire du tort au gouvernement et amener une révolution.

Il en avait conçu une haine effroyable contre les anarchistes, qu'il croyait embusqués partout, cachés partout, et une peur mystérieuse d'un inconnu voilé et redoutable.

Mais un coup de sonnette brusque tinta dans le corridor. On le connaissait bien, ce coup de sonnette rageur du chef, M. Torchebeuf ; et chacun s'élança vers la porte afin de regagner son compartiment.

Cachelin se remit à enregistrer, puis il posa de nouveau sa plume et prit sa tête dans ses mains pour réfléchir.

Il mûrissait une idée qui le tracassait depuis quelque temps. Ancien sous-officier d'infanterie de marine réformé après trois blessures reçues, une au Sénégal et deux en Cochinchine, et entré au ministère par faveur exceptionnelle, il avait eu à endurer bien des misères, des duretés et des déboires dans sa longue carrière d'infime subordonné ; aussi considérait-il l'autorité, l'autorité officielle, comme la plus belle chose du monde. Un chef de bureau lui semblait un être d'exception, vivant dans une sphère supérieure ; et les employés dont il entendait dire : « C'est un malin, il arrivera vite », lui apparaissaient comme d'une autre race, d'une autre nature que lui.

Il avait donc pour son collègue Lesable une considération supérieure qui touchait à la vénération, et il nourrissait le désir secret, le désir obstiné de lui faire épouser sa fille.

Elle serait riche un jour, très riche. Cela était connu du ministère tout entier, car sa sœur à lui, Mlle Cachelin, possédait un million, un million net, liquide et solide, acquis par l'amour, disait-on, mais purifié par une dévotion tardive.

La vieille fille, qui avait été galante, s'était retirée avec cinq cent mille francs, qu'elle avait plus que doublés en dix-huit ans, grâce à une économie féroce et à des habitudes de vie plus que modestes. Elle habitait depuis longtemps chez son frère, demeuré veuf avec une fillette, Coralie, mais elle ne contribuait que d'une façon insignifiante aux dépenses de la maison, gardant et accumulant son or, et répétant sans cesse à Cachelin : « Ça ne fait rien, puisque c'est pour ta fille, mais marie-la vite, car je veux voir mes petits-neveux. C'est elle qui me donnera cette joie d'embrasser un enfant de notre sang. »

La chose était connue dans l'administration ; et les prétendants ne manquaient point. On disait que Maze lui-même, le beau Maze, le lion du bureau, tournait autour du père Cachelin avec une intention visible. Mais l'ancien sergent, un roublard qui avait roulé sous toutes les latitudes, voulait un garçon d'avenir, un garçon qui serait chef et qui reverserait de la considération sur lui, César, le vieux sous-off. Lesable faisait admirablement son affaire, et il cherchait depuis longtemps un moyen de l'attirer chez lui.

Tout d'un coup, il se dressa en se frottant les mains. Il avait trouvé.

Il connaissait bien le faible de chacun. On ne pouvait prendre Lesable que par la vanité, la vanité professionnelle. Il irait lui demander sa protection comme on va chez un sénateur ou chez un député, comme on va chez un haut personnage.

N'ayant point eu d'avancement depuis cinq ans, Cachelin se considérait comme bien certain d'en obtenir un cette année. Il ferait donc semblant de croire qu'il le devait à Lesable et l'inviterait à dîner comme remerciement.

Aussitôt son projet conçu, il en commença l'exécution. Il décrocha dans son armoire son veston de rue, ôta le vieux, et, prenant toutes les pièces enregistrées qui concernaient le service de son collègue, il se rendit au bureau que cet employé occupait tout seul, par faveur spéciale, en raison de son zèle et de l'importance de ses attributions.

Le jeune homme écrivait sur une grande table, au milieu de dossiers ouverts et de papiers épars, numérotés avec de l'encre rouge ou bleue.

Dès qu'il vit entrer le commis d'ordre, il demanda, d'un ton familier où perçait une considération : « Eh bien, mon cher, m'apportez-vous beaucoup d'affaires ?

— Oui, pas mal. Et puis je voudrais vous parler.

— Asseyez-vous, mon ami, je vous écoute. »

Cachelin s'assit, toussota, prit un air troublé, et, d'une voix mal assurée : « Voici ce qui m'amène, monsieur Lesable. Je n'irai pas par quatre chemins. Je serai franc comme un vieux soldat. Je viens vous demander un service.

— Lequel ?

— En deux mots. J'ai besoin d'obtenir mon avancement cette année. Je n'ai personne pour me protéger, moi, et j'ai pensé à vous. »

Lesable rougit un peu, étonné, content, plein

d'une orgueilleuse confusion. Il répondit cependant :

« Mais je ne suis rien ici, mon ami. Je suis beaucoup moins que vous qui allez être commis principal. Je ne puis rien. Croyez que... »

Cachelin lui coupa la parole avec une brusquerie pleine de respect : « Tra la la. Vous avez l'oreille du chef, et si vous lui dites un mot pour moi, je passe. Songez que j'aurai droit à ma retraite dans dix-huit mois, et cela me fera cinq cents francs de moins si je n'obtiens rien au premier janvier. Je sais bien qu'on dit : « Cachelin n'est pas gêné, sa sœur a un « million. » Ça c'est vrai, que ma sœur a un million, mais il fait des petits son million, et elle n'en donne pas. C'est pour ma fille, c'est encore vrai ; Mais, ma fille et moi, ça fait deux. Je serai bien avancé, moi, quand ma fille et mon gendre rouleront carrosse, si je n'ai rien à me mettre sous la dent. Vous comprenez la situation, n'est-ce pas ? »

Lesable opina du front : « C'est juste, très juste, ce que vous dites là. Votre gendre peut n'être pas parfait pour vous. Et on est toujours bien aise d'ailleurs de ne rien devoir à personne. Enfin, je vous promets de faire mon possible, je parlerai au chef, je lui exposerai le cas, j'insisterai s'il le faut. Comptez sur moi ! »

Cachelin se leva, prit les deux mains de son collègue, les serra en les secouant d'une façon militaire ; et il bredouilla : « Merci, merci, comptez que si je rencontre jamais l'occasion... Si je peux jamais... » Il n'acheva pas, ne trouvant point de fin pour sa phrase, et il s'en alla en faisant retentir par le corridor son pas rythmé d'ancien troupier.

Mais il entendit de loin une sonnette irritée qui tintait, et il se mit à courir, car il avait reconnu le timbre. C'était le chef, M. Torchebeuf, qui demandait son commis d'ordre.

50

Huit jours plus tard, Cachelin trouva un matin sur son bureau une lettre cachetée qui contenait ceci :

Mon cher collègue, je suis heureux de vous annoncer que le ministre, sur la proposition de notre directeur et de notre chef, a signé hier votre nomination de commis principal. Vous en recevrez demain la notification officielle. Jusque-là vous ne savez rien, n'est-ce pas ?

Bien à vous,

LESABLE.

César courut aussitôt au bureau de son jeune collègue, le remercia, s'excusa, offrit son dévouement, se confondit en gratitude.

On apprit en effet, le lendemain, que MM. Lesable et Cachelin avaient chacun un avancement. Les autres employés attendraient une année meilleure et toucheraient, comme compensation, une gratification qui variait entre cent cinquante et trois cents francs.

M. Boissel déclara qu'il guetterait Lesable au coin de sa rue, à minuit, un de ces soirs, et qu'il lui administrerait une rossée à le laisser sur place. Les autres employés se turent.

Le lundi suivant, Cachelin, dès son arrivée, se rendit au bureau de son protecteur, entra avec solennité et d'un ton cérémonieux : « J'espère que vous voudrez bien me faire l'honneur de venir dîner chez nous à l'occasion des Rois. Vous choisirez vous-même le jour. »

Le jeune homme, un peu surpris, leva la tête et planta ses yeux dans les yeux de son collègue ; puis il répondit, sans détourner son regard pour bien lire la pensée de l'autre : « Mais, mon cher, c'est que... tous mes soirs sont promis d'ici quelque temps. »

Cachelin insista, d'un ton bonhomme : « Voyons, ne nous faites pas le chagrin de nous refuser après le service que vous m'avez rendu. Je vous en prie, au nom de ma famille et au mien. »

Lesable, perplexe, hésitait. Il avait compris, mais il ne savait que répondre, n'ayant pas eu le temps de réfléchir et de peser le pour et le contre. Enfin, il pensa : « Je ne m'engage à rien en allant dîner », et il accepta d'un air satisfait en choisissant le samedi suivant. Il ajouta, souriant : « Pour n'avoir pas à me lever trop tôt le lendemain. »

II

M. Cachelin habitait dans le haut de la rue Roche-
chouart, au cinquième étage, un petit appartement
avec terrasse, d'où l'on voyait tout Paris. Il avait
trois chambres, une pour sa sœur, une pour sa fille,
une pour lui ; la salle à manger servait de salon.

Pendant toute la semaine il s'agita en prévision
de ce dîner. Le menu fut longuement discuté pour
composer en même temps un repas bourgeois et
distingué. Il fut arrêté ainsi : un consommé aux
œufs, des hors-d'œuvre, crevettes et saucisson, un
homard, un beau poulet, des petits pois conservés,
un pâté de foie gras, une salade, une glace, et du
dessert.

Le foie gras fut acheté chez le charcutier voisin,
avec recommandation de le fournir de première
qualité. La terrine coûtait d'ailleurs trois francs cinquante. Quant au vin, Cachelin s'adressa au marchand de vin du coin qui lui fournissait au litre le
breuvage rouge dont il se désaltérait d'ordinaire. Il
ne voulut pas aller dans une grande maison, par
suite de ce raisonnement : « Les petits débitants
trouvent peu d'occasions de vendre leurs vins fins.
De sorte qu'ils les conservent très longtemps en
cave et qu'ils les ont excellents. »

Il rentra de meilleure heure le samedi pour s'assurer que tout était prêt. Sa bonne, qui vint lui ouvrir, était plus rouge qu'une tomate, car son fourneau, allumé depuis midi, par crainte de ne pas arriver en temps, lui avait rôti la figure tout le jour ; et l'émotion aussi l'agitait.

Il entra dans la salle à manger pour tout vérifier. Au milieu de la petite pièce, la table ronde faisait une grande tache blanche, sous la lumière vive de la lampe coiffée d'un abat-jour vert.

Les quatre assiettes, couvertes d'une serviette pliée en bonnet d'évêque par Mlle Cachelin, la tante, étaient flanquées des couverts de métal blanc et précédées de deux verres, un grand et un petit. César trouva cela insuffisant comme coup d'œil, et il appela : « Charlotte ! »

La porte de gauche s'ouvrit et une courte vieille parut. Plus âgée que son frère de dix ans, elle avait une étroite figure qu'encadraient des frisons de cheveux blancs obtenus au moyen de papillotes. Sa voix mince semblait trop faible pour son petit corps courbé, et elle allait d'un pas un peu traînant, avec des gestes endormis.

On disait d'elle, au temps de sa jeunesse : « Quelle mignonne créature ! »

Elle était maintenant une maigre vieille, très propre par suite d'habitudes anciennes, volontaire, entêtée, avec un esprit étroit, méticuleux, et facilement irritable. Devenue très dévote, elle semblait avoir totalement oublié les aventures des jours passés.

Elle demanda : « Qu'est-ce que tu veux ? »

Il répondit : « Je trouve que deux verres ne font pas grand effet. Si on donnait du champagne... Cela ne me coûtera jamais plus de trois ou quatre francs, et on pourrait mettre tout de suite les flûtes. On changerait tout à fait l'aspect de la salle. »

Mlle Charlotte reprit : « Je ne vois pas l'utilité de cette dépense. Enfin, c'est toi qui paies, cela ne me regarde pas. »

Il hésitait, cherchant à se convaincre lui-même : « Je t'assure que cela fera mieux. Et puis, pour le gâteau des Rois, ça animera. » Cette raison l'avait décidé. Il prit son chapeau et redescendit l'escalier, puis revint au bout de cinq minutes avec une bouteille qui portait au flanc, sur une large étiquette blanche ornée d'armoiries énormes : « Grand vin mousseux de Champagne du comte de Chatel-Rénovau. »

Et Cachelin déclara : « Il ne me coûte que trois francs, et il paraît qu'il est exquis. »

Il prit lui-même les flûtes dans une armoire et les plaça devant les convives.

La porte de droite s'ouvrit. Sa fille entra. Elle était grande, grasse et rose, une belle fille de forte race, avec des cheveux châtains et des yeux bleus. Une robe simple dessinait sa taille ronde et souple ; sa voix forte, presque une voix d'homme, avait ces notes graves qui font vibrer les nerfs. Elle s'écria : « Dieu ! du champagne ! quel bonheur ! » en battant des mains d'une manière enfantine.

Son père lui dit : « Surtout, sois aimable pour ce monsieur qui m'a rendu beaucoup de services. »

Elle se mit à rire d'un rire sonore qui disait : « Je sais. »

Le timbre du vestibule tinta, des portes s'ouvrirent et se fermèrent. Lesable parut. Il portait un habit noir, une cravate blanche et des gants blancs. Il fit un effet. Cachelin s'était élancé, confus et ravi : « Mais, mon cher, c'était entre nous ; voyez, moi, je suis en veston. »

Le jeune homme répondit : « Je sais, vous me l'aviez dit, mais j'ai l'habitude de ne jamais sortir le soir sans mon habit. » Il saluait, le claque[1] sous le bras, une fleur à la boutonnière. César lui présenta : « Ma sœur, Mlle Charlotte, — ma fille, Coralie, que nous appelons familièrement Cora. »

Tout le monde s'inclina. Cachelin reprit : « Nous n'avons pas de salon. C'est un peu gênant, mais on s'y fait. » Lesable répliqua : « C'est charmant ! »

Puis on le débarrassa de son chapeau qu'il voulait garder. Et il se mit aussitôt à retirer ses gants.

On s'était assis ; on se regardait de loin, à travers la table, et on ne disait plus rien. Cachelin demanda : « Est-ce que le chef est resté tard ? Moi, je suis parti de bonne heure pour aider ces dames. »

Lesable répondit d'un ton dégagé : « Non. Nous sommes sortis ensemble parce que nous avions à parler de la solution des toiles à prélarts[1] de Brest. C'est une affaire fort compliquée qui nous donnera bien du mal. »

Cachelin crut devoir mettre sa sœur au courant, et se tournant vers elle : « Toutes les questions difficiles au bureau, c'est M. Lesable qui les traite. On peut dire qu'il double le chef. »

La vieille fille salua poliment en déclarant : « Oh ! je sais que monsieur a beaucoup de capacités. »

La bonne entra, poussant la porte du genou et tenant en l'air, des deux mains, une grande soupière. Alors « le maître » cria : « Allons, à table ! Placez-vous là, monsieur Lesable, entre ma sœur et ma fille. Je pense que vous n'avez pas peur des dames. » Et le dîner commença.

Lesable faisait l'aimable, avec un petit air de suffisance, presque de condescendance, et il regardait de coin la jeune fille, s'étonnant de sa fraîcheur, de sa belle santé appétissante. Mlle Charlotte se mettait en frais, sachant les intentions de son frère, et elle soutenait la conversation banale accrochée à tous les lieux communs. Cachelin, radieux, parlait haut, plaisantait, versait le vin acheté une heure plus tôt chez le marchand du coin : « Un verre de ce petit bourgogne, monsieur Lesable. Je ne vous dis pas que ce soit un grand cru, mais il est bon, il a de la cave et il est naturel ; quant à ça, j'en réponds. Nous l'avons par des amis qui sont là-bas. »

La jeune fille ne disait rien, un peu rouge, un peu timide, gênée par le voisinage de cet homme dont elle soupçonnait les pensées.

Quand le homard apparut, César déclara : « Voilà un personnage avec qui je ferais volontiers connaissance. » Lesable, souriant, raconta qu'un écrivain avait appelé le homard « le cardinal des mers », ne sachant pas qu'avant d'être cuit cet animal était noir[1]. Cachelin se mit à rire de toute sa force en répétant : « Ah ! ah ! ah ! elle est bien drôle. » Mais Mlle Charlotte, devenue furieuse, se fâcha : « Je ne vois pas quel rapport on a pu faire. Ce monsieur-là était déplacé. Moi, je comprends toutes les plaisanteries, toutes, mais je m'oppose à ce qu'on ridiculise le clergé devant moi. »

Le jeune homme, qui voulait plaire à la vieille fille, profita de l'occasion pour faire une profession de foi catholique. Il parla des gens de mauvais goût qui traitent avec légèreté les grandes vérités. Et il conclut : « Moi, je respecte et je vénère la religion de mes pères, j'y ai été élevé, j'y resterai jusqu'à ma mort. »

Cachelin ne riait plus. Il roulait des boulettes de pain en murmurant : « C'est juste, c'est juste. » Puis il changea la conversation, qui l'ennuyait, et par une pente d'esprit naturelle à tous ceux qui accomplissent chaque jour la même besogne, il demanda : « Le beau Maze a-t-il dû rager de n'avoir pas son avancement, hein ? »

Lesable sourit : « Que voulez-vous ? à chacun selon ses actes ! » Et on causa du ministère, ce qui passionnait tout le monde, car les deux femmes connaissaient les employés presque autant que Cachelin lui-même, à force d'entendre parler d'eux chaque soir. Mlle Charlotte s'occupait beaucoup de Boissel, à cause des aventures qu'il racontait et de son esprit romanesque ; et Mlle Cora s'intéressait secrètement au beau Maze. Elles ne les avaient jamais vus, d'ailleurs.

Lesable parlait d'eux avec un ton de supériorité, comme aurait pu le faire un ministre jugeant son personnel.

On l'écoutait : « Maze ne manque point d'un certain mérite ; mais quand on veut arriver, il faut travailler plus que lui. Il aime le monde, les plaisirs. Tout cela apporte un trouble dans l'esprit. Il n'ira jamais loin, par sa faute. Il sera sous-chef, peut-être, grâce à ses influences, mais rien de plus. Quant à Pitolet, il rédige bien, il faut le reconnaître, il a une élégance de forme qu'on ne peut nier, mais pas de fond. Chez lui tout est en surface. C'est un garçon qu'on ne pourrait mettre à la tête d'un service important, mais qui pourrait être utilisé par un chef intelligent en lui mâchant la besogne. »

Mlle Charlotte demanda : « Et M. Boissel ? »

Lesable haussa les épaules : « Un pauvre sire, un pauvre sire. Il ne voit rien dans les proportions exactes. Il se figure des histoires à dormir debout. Pour nous, c'est une non-valeur. »

Cachelin se mit à rire et déclara : « Le meilleur, c'est le père Savon. » Et tout le monde rit.

Puis on parla des théâtres et des pièces de l'année. Lesable jugea avec la même autorité la littérature dramatique, classant les auteurs nettement, déterminant le fort et le faible de chacun avec l'assurance ordinaire des hommes qui se sentent infaillibles et universels.

On avait fini le rôti. César maintenant décoiffait la terrine de foie gras avec des précautions délicates qui faisaient bien juger du contenu. Il dit : « Je ne sais pas si celle-là sera réussie. Mais généralement elles sont parfaites. Nous les recevons d'un cousin qui habite Strasbourg. »

Et chacun mangea avec une lenteur respectueuse la charcuterie enfermée dans le pot de terre jaune.

Quand la glace apparut, ce fut un désastre. C'était une sauce, une soupe, un liquide clair, flottant dans un compotier. La petite bonne avait prié le garçon pâtissier, venu dès sept heures, de la sortir du moule lui-même, dans la crainte de ne pas savoir s'y prendre.

Cachelin, désolé, voulait la faire reporter, puis il se calma à la pensée du gâteau des Rois, qu'il partagea avec mystère comme s'il eût enfermé un secret de premier ordre. Tout le monde fixait ses regards sur cette galette symbolique et on la fit passer, en recommandant à chacun de fermer les yeux pour prendre son morceau.

Qui aurait la fève ? Un sourire niais errait sur les lèvres. M. Lesable poussa un petit « Ah ! » d'étonnement et montra entre son pouce et son index un gros haricot blanc encore couvert de pâte. Et Cachelin se mit à applaudir, puis il cria : « Choisissez la reine ! choisissez la reine ! »

Une courte hésitation eut lieu dans l'esprit du roi. Ne ferait-il pas un acte politique en choisissant Mlle Charlotte ? Elle serait flattée, gagnée, acquise ! Puis il réfléchit qu'en vérité, c'était pour Mlle Cora qu'on l'invitait et qu'il aurait l'air d'un sot en prenant la tante. Il se tourna donc vers sa jeune voisine, et lui présentant le pois souverain : « Mademoiselle, voulez-vous me permettre de vous l'offrir ? » Et ils se regardèrent en face pour la première fois. Elle dit : « Merci, monsieur ! » et reçut le gage de grandeur.

Il pensait : « Elle est vraiment jolie, cette fille. Elle a des yeux superbes. Et c'est une gaillarde, mâtin ! »

Une détonation fit sauter les deux femmes. Cachelin venait de déboucher le champagne, qui s'échappait avec impétuosité de la bouteille et coulait sur la nappe. Puis les verres furent emplis de mousse, et le patron déclara : « I! est de bonne qualité, on le voit. » Mais comme Lesable allait boire pour empêcher son verre de déborder, César s'écria : « Le roi boit ! le roi boit ! le roi boit ! » Et Mlle Charlotte, émoustillée aussi, glapit de sa voix aiguë : « Le roi boit ! le roi boit ! »

Lesable vida son verre avec assurance, et le reposant sur la table : « Vous voyez que j'ai de l'aplomb ! » puis, se tournant vers Mlle Cora : « A vous, mademoiselle ! »

Elle voulut boire ; mais tout le monde ayant crié : « La reine boit ! la reine boit ! » elle rougit, se mit à rire et reposa la flûte devant elle.

La fin du dîner fut pleine de gaieté, le roi se montrait empressé et galant pour la reine. Puis, quand on eut pris les liqueurs, Cachelin annonça : « On va desservir pour nous faire de la place. S'il ne pleut pas, nous pouvons passer une minute sur la terrasse. » Il tenait à montrer la vue, bien qu'il fît nuit.

On ouvrit donc la porte vitrée. Un souffle humide entra. Il faisait tiède dehors, comme au mois d'avril ; et tous montèrent le pas qui séparait la salle à manger du large balcon. On ne voyait rien qu'une lueur vague planant sur la grande ville, comme ces couronnes de feu qu'on met au front des saints. De place en place cette clarté semblait plus vive, et Cachelin se mit à expliquer : « Tenez, là-bas, c'est l'Eden[1] qui brille comme ça. Voici la ligne des boulevards. Hein ! comme on les distingue. Dans le jour, c'est splendide, la vue d'ici. Vous auriez beau voyager, vous ne verriez rien de mieux. »

Lesable s'était accoudé sur la balustrade de fer, à côté de Cora qui regardait dans le vide, muette, distraite, saisie tout à coup par une de ces langueurs mélancoliques qui engourdissent parfois les âmes. Mlle Charlotte rentra dans la salle par crainte de l'humidité. Cachelin continua à parler, le bras tendu, indiquant les directions où se trouvaient les Invalides, le Trocadéro, l'arc de triomphe de l'Étoile.

Lesable, à mi-voix, demanda : « Et vous, mademoiselle Cora, aimez-vous regarder Paris de là-haut ? »

Elle eut une petite secousse, comme s'il l'avait réveillée, et répondit : « Moi ?... oui, le soir surtout. Je pense à tout ce qui se passe là, devant nous. Combien il y a de gens heureux et de gens malheureux dans toutes ces maisons ! Si on pouvait tout voir, combien on apprendrait de choses ! »

Il s'était rapproché jusqu'à ce que leurs coudes et leurs épaules se touchassent : « Par les clairs de lune, ça doit être féerique ? »

Elle murmura : « Je crois bien. On dirait une gravure de Gustave Doré. Quel plaisir on éprouverait à pouvoir se promener longtemps, sur les toits. »

Alors il la questionna sur ses goûts, sur ses rêves, sur ses plaisirs. Et elle répondait sans embarras, en fille réfléchie, sensée, pas plus songeuse qu'il ne faut. Il la trouvait pleine de bon sens, et il se disait qu'il serait vraiment doux de pouvoir passer son bras autour de cette taille ronde et ferme et d'embrasser longuement à petits baisers lents, comme on boit à petits coups de très bonne eau-de-vie, cette joue fraîche, auprès de l'oreille, qu'éclairait un reflet de lampe. Il se sentait attiré, ému par cette sensation de la femme si proche, par cette soif de la chair mûre et vierge, et par cette séduction délicate de la jeune fille. Il lui semblait qu'il serait demeuré là pendant des heures, des nuits, des semaines, toujours, accoudé près d'elle, à la sentir près de lui, pénétré par le charme de son contact. Et quelque chose comme un sentiment poétique soulevait son cœur en face du grand Paris étendu devant lui, illuminé, vivant sa vie nocturne, sa vie de plaisir et de débauche. Il lui semblait qu'il dominait la ville énorme, qu'il planait sur elle ; et il sentait qu'il serait délicieux de s'accouder chaque soir sur ce balcon auprès d'une femme, et de s'aimer, de se baiser les lèvres, de s'étreindre au-dessus de la vaste cité, au-dessus de toutes les amours qu'elle enfermait, au-dessus de toutes les satisfactions vulgaires, au-dessus de tous les désirs communs, tout près des étoiles.

Il est des soirs où les âmes les moins exaltées se mettent à rêver, comme s'il leur poussait des ailes. Il était peut-être un peu gris.

Cachelin, parti pour chercher sa pipe, revint en l'allumant : « Je sais, dit-il, que vous ne fumez pas, aussi je ne vous offre point de cigarettes. Il n'y a rien de meilleur que d'en griller une ici. Moi, s'il me fallait habiter en bas, je ne vivrais pas. Nous le pourrions, car la maison appartient à ma sœur ainsi que les deux voisines, celle de gauche et celle de droite. Elle a là un joli revenu. Ça ne lui a pas coûté cher dans le temps, ces maisons-là. » Et, se tournant vers la salle, il cria : « Combien donc as-tu payé les terrains d'ici, Charlotte ? »

Alors la voix pointue de la vieille fille se mit à parler. Lesable n'entendait que des lambeaux de phrase. « ... En mil huit cent soixante-trois... trente-cinq francs... bâti plus tard... les trois maisons... un banquier... revendu au moins cinq cent mille francs...[1] »

Elle racontait sa fortune avec la complaisance d'un vieux soldat qui dit ses campagnes. Elle énumérait ses achats, les propositions qu'on lui avait faites depuis, les plus-values, etc.

Lesable, tout à fait intéressé, se retourna, appuyant maintenant son dos à la balustrade de la terrasse. Mais comme il ne saisissait encore que des bribes de l'explication, il abandonna brusquement sa jeune voisine et rentra pour tout entendre ; et s'asseyant à côté de Mlle Charlotte, il s'entretint longuement avec elle de l'augmentation probable des loyers et de ce que peut rapporter l'argent bien placé, en valeur ou en biens-fonds.

Il s'en alla vers minuit, en promettant de revenir.

Un mois plus tard, il n'était bruit dans tout le ministère que du mariage de Jacques-Léopold Lesable avec Mlle Céleste-Coralie Cachelin.

III

Le jeune ménage s'installa sur le même palier que Cachelin et que Mlle Charlotte, dans un logement pareil au leur et dont on expulsa le locataire.

Une inquiétude, cependant, agitait l'esprit de Lesable : la tante n'avait voulu assurer son héritage à Cora par aucun acte définitif. Elle avait cependant consenti à jurer « devant Dieu » que son testament était fait et déposé chez maître Belhomme, notaire. Elle avait promis, en outre, que toute sa fortune reviendrait à sa nièce, sous réserve d'une condition. Pressée de révéler cette condition, elle refusa de s'expliquer mais elle avait encore juré avec un petit sourire bienveillant que c'était facile à remplir.

Devant ces explications et cet entêtement de vieille dévote, Lesable crut devoir passer outre, et comme la jeune fille lui plaisait beaucoup, son désir triomphant de ses incertitudes, il s'était rendu aux efforts obstinés de Cachelin.

Maintenant il était heureux, bien que harcelé toujours par un doute. Et il aimait sa femme qui n'avait en rien trompé ses attentes. Sa vie s'écoulait, tranquille et monotone. Il s'était fait d'ailleurs en quelques semaines à sa nouvelle situation d'homme marié, et il continuait à se montrer l'employé accompli de jadis.

L'année s'écoula. Le jour de l'an revint. Il n'eut pas, à sa grande surprise, l'avancement sur lequel il comptait. Maze et Pitolet passèrent seuls au grade au-dessus ; et Boissel déclara confidentiellement à Cachelin qu'il se promettait de flanquer une roulée à ses deux confrères, un soir, en sortant, en face de la grande porte, devant tout le monde. Il n'en fit rien.

Pendant huit jours, Lesable ne dormit point d'angoisse de ne pas avoir été promu, malgré son zèle. Il faisait pourtant une besogne de chien ; il remplaçait indéfiniment le sous-chef, M. Rabot, malade neuf mois par an à l'hôpital du Val-de-Grâce ; il arrivait tous les matins à huit heures et demie ; il partait tous les soirs à six heures et demie. Que voulait-on de plus ? Si on ne lui savait pas gré d'un pareil travail et d'un semblable effort, il ferait comme les autres, voilà tout. A chacun suivant sa peine. Comment donc M. Torchebeuf, qui le traitait ainsi qu'un fils, avait-il pu le sacrifier ? Il voulait en avoir le cœur net. Il irait trouver le chef et s'expliquerait avec lui.

Donc, un lundi matin, avant la venue de ses confrères, il frappa à la porte de ce potentat.

Une voix aigre cria : « Entrez ! » Il entra.

Assis devant une grande table couverte de paperasses, tout petit avec une grosse tête qui semblait posée sur son buvard, M. Torchebeuf écrivait. Il dit, en apercevant son employé préféré : « Bonjour, Lesable ; vous allez bien ? »

Le jeune homme répondit : « Bonjour, cher maître, fort bien, et vous-même ? »

Le chef cessa d'écrire et fit pivoter son fauteuil.

Son corps mince, frêle, maigre, serré dans une redingote noire de forme sérieuse, semblait tout à fait disproportionné avec le grand siège à dossier de cuir. Une rosette d'officier de la Légion d'honneur, énorme, éclatante, mille fois trop large aussi pour la personne qui la portait, brillait comme un charbon rouge sur la poitrine étroite, écrasée sous un crâne considérable, comme si l'individu tout entier se fût développé en dôme, à la façon des champignons.

La mâchoire était pointue, les joues creuses, les yeux saillants, et le front démesuré, couvert de cheveux blancs rejetés en arrière.

M. Torchebeuf prononça : « Asseyez-vous, mon ami, et dites-moi ce qui vous amène. »

Pour tous les autres employés il se montrait d'une rudesse militaire, se considérant comme un capitaine à son bord, car le ministère représentait pour lui un grand navire, le vaisseau amiral de toutes les flottes françaises.

Lesable, un peu ému, un peu pâle, balbutia : « Cher maître, je viens vous demander si j'ai démérité en quelque chose ?

— Mais non, mon cher, pourquoi me posez-vous cette question-là ?

— C'est que j'ai été un peu surpris de ne pas recevoir d'avancement cette année comme les années dernières. Permettez-moi de m'expliquer jusqu'au bout, cher maître, en vous demandant pardon de mon audace. Je sais que j'ai obtenu de vous des faveurs exceptionnelles et des avantages inespérés. Je sais que l'avancement ne se donne, en général, que tous les deux ou trois ans ; mais permettez-moi encore de vous faire remarquer que je fournis au bureau à peu près quatre fois la somme de travail d'un employé ordinaire et deux fois au moins la somme de temps. Si donc on mettait en balance le résultat de mes efforts comme labeur et le résultat comme rémunération, on trouverait certes celui-ci bien au-dessous de celui-là ! »

Il avait préparé avec soin sa phrase qu'il jugeait excellente.

M. Torchebeuf, surpris, cherchait sa réplique. Enfin, il prononça d'un ton un peu froid : « Bien qu'il ne soit pas admissible, en principe, qu'on discute ces choses entre chef et employé, je veux bien pour cette fois vous répondre, eu égard à vos services très méritants.

« Je vous ai proposé pour l'avancement comme les années précédentes. Mais le directeur a écarté votre nom en se basant sur ce que votre mariage vous assure un bel avenir, plus qu'une aisance, une fortune que n'atteindront jamais vos modestes collègues. N'est-il pas équitable, en somme, de faire un peu la part de la condition de chacun ? Vous deviendrez riche, très riche. Trois cents francs de plus par an ne seront rien pour vous, tandis que cette petite augmentation comptera beaucoup dans la poche des autres. Voilà, mon ami, la raison qui vous a fait rester en arrière cette année. »

Lesable, confus et irrité, se retira.

Le soir, au dîner, il fut désagréable pour sa femme. Elle se montrait ordinairement gaie et d'humeur assez égale, mais volontaire ; et elle ne cédait jamais quand elle voulait bien une chose. Elle n'avait plus pour lui le charme sensuel des premiers temps, et bien qu'il eût toujours un désir éveillé, car elle était fraîche et jolie, il éprouvait par moments cette désillusion si proche de l'écœurement que donne bientôt la vie en commun de deux êtres. Les mille détails triviaux[1] ou grotesques de l'existence, les toilettes négligées du matin, la robe de chambre en laine commune, vieille, usée, le peignoir fané, car on n'était pas riche, et aussi toutes les besognes nécessaires vues de trop près dans un ménage pauvre, lui dévernissaient le mariage, fanaient cette fleur de poésie qui séduit, de loin, les fiancés.

Tante Charlotte lui rendait aussi son intérieur désagréable, car elle n'en sortait plus ; elle se mêlait de tout, voulait gouverner tout, faisait des observations sur tout, et comme on avait une peur horrible de la blesser, on supportait tout avec résignation, mais aussi avec une exaspération grandissante et cachée.

Elle allait à travers l'appartement de son pas traînant de vieille ; et sa voix grêle disait sans cesse : « Vous devriez bien faire ceci ; vous devriez bien faire cela. »

Quand les deux époux se trouvaient en tête-à-tête, Lesable énervé s'écriait : « Ta tante devient intolérable. Moi, je n'en veux plus. Entends-tu ? je n'en veux plus. » Et Cora répondait avec tranquillité : « Que veux-tu que j'y fasse, moi ? »

Alors il s'emportait : « C'est odieux d'avoir une famille pareille ! »

Et elle répliquait, toujours calme : « Oui, la famille est odieuse, mais l'héritage est bon, n'est-ce pas ? Ne fais donc pas l'imbécile. Tu as autant d'intérêt que moi à ménager tante Charlotte. »

Et il se taisait, ne sachant que répondre.

La tante maintenant les harcelait sans cesse avec l'idée fixe d'un enfant. Elle poussait Lesable dans les coins et lui soufflait dans la figure : « Mon neveu, j'entends que vous soyez père avant ma mort. Je veux voir mon héritier. Vous ne me ferez pas accroire que Cora ne soit point faite pour être mère. Il suffit de la regarder. Quand on se marie, mon neveu, c'est pour avoir de la famille, pour faire souche. Notre Sainte Mère l'Église défend les mariages stériles. Je sais bien que vous n'êtes pas riches et qu'un enfant cause de la dépense. Mais après moi vous ne manquerez de rien. Je veux un petit Lesable, je le veux, entendez-vous ! »

Comme, après quinze mois de mariage, son désir ne s'était point encore réalisé, elle conçut des doutes et devint pressante ; et elle donnait tout bas des conseils à Cora, des conseils pratiques, en femme qui a connu bien des choses, autrefois, et qui sait encore s'en souvenir à l'occasion.

Mais un matin elle ne put se lever, se sentant indisposée. Comme elle n'avait jamais été malade, Cachelin, très ému, vint frapper à la porte de son gendre : « Courez vite chez le docteur Barbette, et vous direz au chef, n'est-ce pas, que je n'irai point au bureau aujourd'hui, vu la circonstance. »

Lesable passa une journée d'angoisses, incapable de travailler, de rédiger et d'étudier les affaires. M. Torchebeuf, surpris, lui demanda : « Vous êtes distrait, aujourd'hui, monsieur Lesable ? » Et Lesable, nerveux, répondit : « Je suis fatigué, cher maître, j'ai passé toute la nuit auprès de notre tante dont l'état est fort grave. »

Mais le chef reprit froidement : « Du moment que M. Cachelin est resté près d'elle, cela devrait suffire. Je ne peux pas laisser mon bureau se désorganiser pour des raisons personnelles à mes employés. »

Lesable avait placé sa montre devant lui sur sa table et il attendait cinq heures avec une impatience fébrile. Dès que la grosse horloge de la grande cour sonna, il s'enfuit, quittant, pour la première fois, le bureau à la minute réglementaire.

Il prit même un fiacre pour rentrer, tant son inquiétude était vive ; et il monta l'escalier en courant.

La bonne vint ouvrir ; il balbutia : « Comment va-t-elle ?

— Le médecin dit qu'elle est bien bas. »

Il eut un battement de cœur et demeura tout ému : « Ah ! vraiment. »

Est-ce que, par hasard, elle allait mourir ?

Il n'osait pas entrer maintenant dans la chambre de la malade, et il fit appeler Cachelin qui la gardait.

Son beau-père apparut aussitôt, ouvrant la porte avec précaution. Il avait sa robe de chambre et son bonnet grec comme lorsqu'il passait de bonnes soirées au coin du feu ; et il murmura à voix basse : « Ça va mal, très mal. Depuis quatre heures elle est sans connaissance. On l'a même administrée dans l'après-midi. »

Alors Lesable sentit une faiblesse lui descendre dans les jambes, et il s'assit :

« Où est ma femme ?

— Elle est auprès d'elle.

— Qu'est-ce que dit au juste le docteur ?

— Il dit que c'est une attaque. Elle en peut revenir, mais elle peut aussi mourir cette nuit.

— Avez-vous besoin de moi ? Si vous n'en avez pas besoin, j'aime mieux ne pas entrer. Cela me serait pénible de la revoir dans cet état.

— Non. Allez chez vous. S'il y a quelque chose de nouveau, je vous ferai appeler tout de suite. »

Et Lesable retourna chez lui. L'appartement lui parut changé, plus grand, plus clair. Mais comme il ne pouvait tenir en place, il passa sur le balcon.

On était alors aux derniers jours de juillet, et le grand soleil, au moment de disparaître derrière les deux tours du Trocadéro[1], versait une pluie de flammes sur l'immense peuple des toits.

L'espace, d'un rouge éclatant à son pied, prenait plus haut des teintes d'or pâle, puis des teintes jaunes, puis des teintes vertes, d'un vert léger frotté de lumière, puis il devenait bleu, d'un bleu pur et frais sur les têtes.

Les hirondelles passaient comme des flèches, à peine visibles, dessinant sur le fond vermeil du ciel le profil crochu et fuyant de leurs ailes. Et sur la foule infinie des maisons, sur la campagne lointaine, planait une nuée rose, une vapeur de feu dans laquelle montaient, comme dans une apothéose, les flèches des clochers, tous les sommets svelte des monuments. L'arc de triomphe de l'Étoile apparaissait énorme et noir dans l'incendie de l'horizon, et le dôme des Invalides semblait un autre soleil tombé du firmament sur le dos d'un édifice.

Lesable tenait à deux mains la rampe de fer, buvait l'air comme on boit du vin, avec une envie de sauter, de crier, de faire des gestes violents, tant il se sentait envahi par une joie profonde et triomphante. La vie lui apparaissait radieuse, l'avenir plein de bonheur ! Qu'allait-il faire ? Et il rêva.

Un bruit, derrière lui, le fit tressaillir. C'était sa femme. Elle avait les yeux rouges, les joues un peu enflées, l'air fatigué. Elle tendit son front pour qu'il l'embrassât, puis elle dit : « On va dîner chez papa pour rester près d'elle. La bonne ne la quittera pas pendant que nous mangerons. »

Et il la suivit dans l'appartement voisin.

Cachelin était déjà à table, attendant sa fille et son gendre. Un poulet froid, une salade de pommes de terre et un compotier de fraises étaient posés sur le dressoir, et la soupe fumait dans les assiettes.

On s'assit. Cachelin déclara : « Voilà des journées comme je n'en voudrais pas souvent. Ça n'est pas gai. » Il disait cela avec un ton d'indifférence dans l'accent et une sorte de satisfaction sur le visage. Et il se mit à dévorer en homme de grand appétit, trouvant le poulet excellent et la salade de pommes de terre tout à fait rafraîchissante.

Mais Lesable se sentait l'estomac serré et l'âme inquiète, et il mangeait à peine, l'oreille tendue vers la chambre voisine, qui demeurait silencieuse comme si personne ne s'y fût trouvé. Cora n'avait pas faim non plus, émue, larmoyante, s'essuyant un œil de temps en temps avec un coin de sa serviette.

Cachelin demanda : « Qu'a dit le chef ? »

Et Lesable donna des détails, que son beau-père voulait minutieux, qu'il lui faisait répéter, insistant pour tout savoir comme s'il eût été absent du ministère pendant un an.

« Ça a dû faire une émotion quand on a su qu'elle était malade ? » Et il songeait à sa rentrée glorieuse quand elle serait morte, aux têtes de ses collègues ; il prononça pourtant, comme pour répondre à un remords secret : « Ce n'est pas que je lui désire du mal à la chère femme ! Dieu sait que je voudrais la conserver longtemps, mais ça fera de l'effet tout de même. Le père Savon en oubliera la Commune. »

On commençait à manger les fraises quand la porte de la malade s'entrouvrit. La commotion fut telle chez les dîneurs qu'ils se trouvèrent, d'un seul coup, debout tous les trois, effarés. Et la petite bonne parut, gardant toujours son air calme et stupide. Elle prononça tranquillement : « Elle ne souffre plus. »

Et Cachelin, jetant sa serviette sur les plats, se précipita comme un fou ; Cora le suivit, le cœur battant ; mais Lesable demeura debout près de la porte, épiant de loin la tache pâle du lit à peine éclairé par la fin du jour. Il voyait le dos de son beau-père penché vers la couche, ne remuant pas, examinant ; et tout d'un coup il entendit sa voix qui lui parut venir de loin, de très loin, du bout du monde, une de ces voix qui passent dans les rêves et qui vous disent des choses surprenantes. Elle prononçait : « C'est fait ! on n'entend plus rien. » Il vit sa femme tomber à genoux, le front sur le drap et sanglotant. Alors il se décida à entrer, et, comme Cachelin s'était relevé, il aperçut, sur la blancheur de l'oreiller, la figure de tante Charlotte, les yeux fermés, si creuse, si rigide, si blême, qu'elle avait l'air d'une bonne femme en cire

Il demanda avec angoisse : « Est-ce fini ? »

Cachelin, qui contemplait aussi sa sœur, se tourna vers lui et ils se regardèrent. Il répondit « Oui », voulant forcer son visage à une expression désolée, mais les deux hommes s'étaient pénétrés d'un coup d'œil, et sans savoir pourquoi, instinctivement, ils se donnèrent une poignée de main, comme pour se remercier l'un l'autre de ce qu'ils avaient fait l'un pour l'autre.

Alors, sans perdre de temps, ils s'occupèrent avec activité de toutes les besognes que réclame un mort.

Lesable se chargea d'aller chercher le médecin et de faire, le plus vite possible, les courses les plus pressées.

Il prit son chapeau et descendit l'escalier en courant, ayant hâte d'être dans la rue, d'être seul, de respirer, de penser, de jouir solitairement de son bonheur.

Lorsqu'il eut terminé ses commissions, au lieu de rentrer il gagna le boulevard, poussé par le désir de voir du monde, de se mêler au mouvement, à la vie heureuse du soir. Il avait envie de crier aux passants : « J'ai cinquante mille livres de rentes », et il allait, les mains dans ses poches, s'arrêtant devant les étalages, examinant les riches étoffes, les bijoux, les meubles de luxe, avec cette pensée joyeuse : « Je pourrai me payer cela maintenant. »

Tout à coup il passa devant un magasin de deuil

et une idée brusque l'effleura : « Si elle n'était point morte ? S'ils s'étaient trompés ? »

Et il revint vers sa demeure, d'un pas plus pressé, avec ce doute flottant dans l'esprit.

En rentrant il demanda : « Le docteur est-il venu ? »

Cachelin répondit : « Oui. Il a constaté le décès, et il s'est chargé de la déclaration. »

Ils rentrèrent dans la chambre de la morte. Cora pleurait toujours, assise dans un fauteuil. Elle pleurait très doucement, sans peine, presque sans chagrin maintenant, avec cette facilité de larmes qu'ont les femmes.

Dès qu'ils se trouvèrent tous trois dans l'appartement, Cachelin prononça à voix basse : « A présent que la bonne est partie se coucher, nous pouvons regarder s'il n'y a rien de caché dans les meubles. »

Et les deux hommes se mirent à l'œuvre. Ils vidaient les tiroirs, fouillaient dans les poches, dépliaient les moindres papiers. A minuit, ils n'avaient rien trouvé d'intéressant. Cora s'était assoupie, et elle ronflait un peu, d'une façon régulière. César demanda : « Est-ce que nous allons rester ici jusqu'au jour ? » Lesable, perplexe, jugeait cela plus convenable. Alors le beau-père en prit son parti : « En ce cas, dit-il, apportons des fauteuils » ; et ils allèrent chercher les deux autres sièges capitonnés qui meublaient la chambre des jeunes époux.

Une heure plus tard, les trois parents dormaient avec des ronflements inégaux, devant le cadavre glacé dans son éternelle immobilité.

Ils se réveillèrent au jour, comme la petite bonne entrait dans la chambre. Cachelin aussitôt avoua, en se frottant les paupières : « Je me suis un peu assoupi depuis une demi-heure à peu près. »

74

Mais Lesable, qui avait aussitôt repris possession de lui, déclara : « Je m'en suis bien aperçu. Moi, je n'ai pas perdu connaissance une seconde ; j'avais seulement fermé les yeux pour les reposer. »

Cora regagna son appartement.

Alors Lesable demanda avec une apparente indifférence : « Quand voulez-vous que nous allions chez le notaire prendre connaissance du testament ?

— Mais... ce matin, si vous voulez.

— Est-il nécessaire que Cora nous accompagne ?

— Ça vaut peut-être mieux, puisqu'elle est l'héritière, en somme.

— En ce cas, je vais la prévenir de s'apprêter. »

Et Lesable sortit de son pas vif.

L'étude de maître Belhomme venait d'ouvrir ses portes quand Cachelin, Lesable et sa femme se présentèrent, en grand deuil, avec des visages désolés.

Le notaire les reçut aussitôt, les fit asseoir. Cachelin prit la parole : « Monsieur, vous me connaissez : je suis le frère de Mlle Charlotte Cachelin. Voici ma fille et mon gendre. Ma pauvre sœur est morte hier ; nous l'enterrerons demain. Comme vous êtes dépositaire de son testament, nous venons vous demander si elle n'a pas formulé quelque volonté relative à son inhumation ou si vous n'avez pas quelque communication à nous faire. »

Le notaire ouvrit un tiroir, prit une enveloppe, la déchira, tira un papier, et prononça : « Voici, monsieur, un double de ce testament dont je puis vous donner connaissance immédiatement.

« L'autre expédition, exactement pareille à celle-ci, doit rester entre mes mains. » Et il lut :

« Je soussignée, Victorine-Charlotte Cachelin,
« exprime ici mes dernières volontés :

« Je laisse toute ma fortune, s'élevant à un mil-
« lion cent vingt mille francs environ, aux enfants
« qui naîtront du mariage de ma nièce Céleste-Cora-
« lie Cachelin, avec jouissance des revenus aux
« parents jusqu'à la majorité de l'aîné des descen-
« dants.

« Les dispositions qui suivent règlent la part affé-
« rente à chaque enfant et la part demeurant aux
« parents jusqu'à la fin de leurs jours.

« Dans le cas où ma mort arriverait avant que ma
« nièce eût un héritier, toute ma fortune restera
« entre les mains de mon notaire, pendant trois ans,
« pour ma volonté exprimée plus haut être accom-
« plie si un enfant naît durant cette période.

« Mais dans le cas où Coralie n'obtiendrait point
« du Ciel un descendant pendant les trois années
« qui suivront ma mort, ma fortune sera distribuée,
« par les soins de mon notaire, aux pauvres et aux
« établissements de bienfaisance dont la liste
« suit. »

Suivait une série interminable de noms de com-
munautés, de chiffres, d'ordres et de recommanda-
tions.

Puis maître Belhomme remit poliment le papier
entre les mains de Cachelin, ahuri de saisisse-
ment.

Il crut même devoir ajouter quelques explications : « Mlle Cachelin, dit-il, lorsqu'elle me fit
l'honneur de me parler pour la première fois de
son projet de tester dans ce sens, m'exprima le
désir extrême qu'elle avait de voir un héritier de sa
race. Elle répondit à tous mes raisonnements par
l'expression de plus en plus formelle de sa volonté,
qui se basait d'ailleurs sur un sentiment religieux,
toute union stérile, pensait-elle, étant un signe de

malédiction céleste. Je n'ai pu modifier en rien ses intentions. Croyez que je le regrette bien vivement. » Puis il ajouta, en souriant vers Coralie : « Je ne doute pas que le *desideratum* de la défunte ne soit bien vite réalisé. »

Et les trois parents s'en allèrent, trop effarés pour penser à rien.

Ils regagnaient leur domicile, côte à côte, sans parler, honteux et furieux, comme s'ils s'étaient mutuellement volés. Toute la douleur même de Cora s'était soudain dissipée, l'ingratitude de sa tante la dispensant de la pleurer. Lesable, enfin, dont les lèvres pâles étaient serrées par une contraction de dépit, dit à son beau-père : « Passez-moi donc cet acte, que j'en prenne connaissance *de visu*. » Cachelin lui tendit le papier, et le jeune homme se mit à lire. Il s'était arrêté sur le trottoir et, tamponné par les passants, il resta là, fouillant les mots de son œil perçant et pratique. Les deux autres l'attendaient, deux pas en avant, toujours muets.

Puis il rendit le testament en déclarant : « Il n'y a rien à faire. Elle nous a joliment floués ! »

Cachelin, que la déroute de son espérance irritait, répondit : « C'était à vous d'avoir un enfant, sacrebleu ! Vous saviez bien qu'elle le désirait depuis longtemps. »

Lesable haussa les épaules sans répliquer.

En rentrant, ils trouvèrent une foule de gens qui les attendaient, ces gens dont le métier s'exerce autour des morts. Lesable rentra chez lui, ne voulant plus s'occuper de rien, et César rudoya tout le monde, criant qu'on le laissât tranquille, demandant à en finir au plus vite avec tout ça, et trouvant qu'on tardait bien à le débarrasser de ce cadavre.

Cora, enfermée dans sa chambre, ne faisait aucun bruit. Mais Cachelin, au bout d'une heure, alla frapper à la porte de son gendre : « Je viens, dit-il, mon cher Léopold, vous soumettre quelques réflexions, car, enfin, il faut s'entendre. Mon avis est de faire tout de même des funérailles convenables, afin de ne pas donner l'éveil au ministère. Nous nous arrangerons pour les frais. D'ailleurs, rien n'est perdu. Vous n'êtes pas mariés depuis longtemps, et il faudrait bien du malheur pour que vous n'eussiez pas d'enfants. Vous vous y mettrez, voilà tout. Allons au plus pressé. Vous chargez-vous de passer tantôt au ministère ? Je vais écrire les adresses des lettres de faire part. »

Lesable convint avec aigreur que son beau-père avait raison, et ils s'installèrent face à face aux deux bouts d'une table longue, pour tracer les suscriptions des billets encadrés de noir.

Puis ils déjeunèrent. Cora reparut, indifférente, comme si rien de tout cela ne l'eût concernée, et elle mangea beaucoup, ayant jeûné la veille.

Aussitôt le repas fini, elle retourna dans sa chambre. Lesable sortit pour aller à la Marine, et Cachelin s'installa sur son balcon afin de fumer une pipe, à cheval sur une chaise. Le lourd soleil d'un jour d'été tombait d'aplomb sur la multitude des toits, dont quelques-uns garnis de vitres brillaient comme du feu, jetaient des rayons éblouissants que la vue ne pouvait soutenir.

Et Cachelin, en manches de chemise, regardait, de ses yeux clignotants sous ce ruissellement de lumière, les coteaux verts, là-bas, là-bas, derrière la grande ville, derrière la banlieue poudreuse. Il songeait que la Seine coulait, large, calme et fraîche, au pied de ces collines qui ont des arbres sur leurs pentes, et qu'on serait rudement mieux sous la verdure, le ventre sur l'herbe, tout au bord de la rivière, à cracher dans l'eau, que sur le plomb brûlant de sa terrasse. Et un malaise l'oppressait, la pensée harcelante, la sensation douloureuse de leur désastre, de cette infortune inattendue, d'autant plus amère et brutale que l'espérance avait été plus vive et plus longue ; et il prononça tout haut, comme on fait dans les grands troubles d'esprit, dans les obsessions d'idées fixes : « Sale rosse ! »

Derrière lui, dans la chambre, il entendait les mouvements des employés des pompes funèbres, et le bruit continu du marteau qui clouait le cercueil. Il n'avait point revu sa sœur depuis sa visite au notaire.

Mais peu à peu, la tiédeur, la gaieté, le charme clair de ce grand jour d'été lui pénétrèrent la chair et l'âme, et il songea que tout n'était pas désespéré. Pourquoi donc sa fille n'aurait-elle pas d'enfant ? Elle n'était pas mariée depuis deux ans encore ! Son gendre paraissait vigoureux, bien bâti et bien portant, quoique petit. Ils auraient un enfant, nom d'un nom ! Et puis, d'ailleurs, il le fallait !

Lesable était entré au ministère furtivement et s'était glissé dans son bureau. Il trouva sur sa table un papier portant ces mots : « Le chef vous demande. » Il eut d'abord un geste d'impatience, une révolte contre ce despotisme qui allait lui retomber sur le dos, puis un désir brusque et violent de parvenir l'aiguillonna. Il serait chef à son tour, et vite ; il irait plus haut encore.

Sans ôter sa redingote de ville, il se rendit chez M. Torchebeuf. Il se présenta avec une de ces figures navrées qu'on prend dans les occasions tristes, et même quelque chose de plus, une marque de chagrin réel et profond, cet involontaire abattement qu'impriment aux traits les contrariétés violentes.

La grosse tête du chef, toujours penchée sur le papier, se redressa, et il demanda d'un ton brusque : « J'ai eu besoin de vous toute la matinée.

Pourquoi n'êtes-vous pas venu ? » Lesable répondit : « Cher maître, nous avons eu le malheur de perdre ma tante, Mlle Cachelin, et je venais même vous demander d'assister à l'inhumation, qui aura lieu demain. »

Le visage de M. Torchebeuf s'était immédiatement rasséréné. Et il répondit avec une nuance de considération : « En ce cas, mon cher ami, c'est autre chose. Je vous remercie, et je vous laisse libre, car vous devez avoir beaucoup à faire. »

Mais Lesable tenait à se montrer zélé : « Merci, cher maître, tout est fini et je compte rester ici jusqu'à l'heure réglementaire. »

Et il retourna dans son cabinet.

La nouvelle s'était répandue, et on venait de tous les bureaux pour lui faire des compliments plutôt de congratulation que de doléance, et aussi pour voir quelle tenue il avait. Il supportait les phrases et les regards avec un masque résigné d'acteur et un tact dont on s'étonnait. « Il s'observe fort bien » disaient les uns. Et les autres ajoutaient : « C'est égal, au fond, il doit être rudement content. »

Maze, plus audacieux que tous, lui demanda, avec son air dégagé d'homme du monde : « Savez-vous au juste le chiffre de la fortune ? »

Lesable répondit avec un ton de parfait désintéressement : « Non, pas au juste. Le testament dit douze cent mille francs environ. Je sais cela parce que le notaire a dû nous communiquer immédiatement certaines clauses relatives aux funérailles. »

De l'avis général, Lesable ne resterait pas au ministère. Avec soixante mille livres de rentes, on ne demeure pas gratte-papier. On est quelqu'un ; on peut devenir quelque chose à son gré. Les uns pensaient qu'il visait le Conseil d'État ; d'autres croyaient qu'il songeait à la députation. Le chef s'attendait à recevoir sa démission pour la transmettre au directeur.

Tout le ministère vint aux funérailles, qu'on trouva maigres. Mais un bruit courait : « C'est Mlle Cachelin elle-même qui les a voulues ainsi. C'était dans son testament. »

Dès le lendemain, Cachelin reprit son service, et Lesable, après une semaine d'indisposition, revint à son tour, un peu pâli, mais assidu et zélé comme autrefois. On eût dit que rien n'était survenu dans leur existence. On remarqua seulement qu'ils fumaient avec ostentation de gros cigares, qu'ils parlaient de la rente, des chemins de fer, des grandes valeurs, en hommes qui ont des titres en poche, et on sut, au bout de quelque temps, qu'ils avaient loué une campagne dans les environs de Paris pour y finir l'été.

On pensa : « Ils sont avares comme la vieille ; ça tient de famille ; qui se ressemble s'assemble ; n'importe, ça n'est pas chic de rester au ministère avec une fortune pareille. »

Au bout de quelque temps, on n'y pensa plus. Ils étaient classés et jugés.

IV

En suivant l'enterrement de la tante Charlotte, Lesable songeait au million, et, rongé par une rage d'autant plus violente qu'elle devait rester secrète, il en voulait à tout le monde de sa déplorable mésaventure.

Il se demandait aussi : « Pourquoi n'ai-je pas eu d'enfant depuis deux ans que je suis marié ? » Et la crainte de voir son ménage demeurer stérile lui faisait battre le cœur.

Alors, comme le gamin qui regarde, au sommet du mât de cocagne haut et luisant, la timbale à décrocher, et qui se jure à lui-même d'arriver là, à force d'énergie et de volonté, d'avoir la vigueur et la ténacité qu'il faudrait, Lesable prit la résolution désespérée d'être père. Tant d'autres le sont, pourquoi ne le serait-il pas, lui aussi ? Peut-être avait-il été négligent, insoucieux, ignorant de quelque chose, par suite d'une indifférence complète. N'ayant jamais éprouvé le désir violent de laisser un héritier, il n'avait jamais mis tous ses soins à obtenir ce résultat. Il y apporterait désormais des efforts acharnés ; il ne négligerait rien, et il réussirait puisqu'il le voulait ainsi.

Mais lorsqu'il fut rentré chez lui, il se sentit mal à son aise, et il dut prendre le lit. La déception avait été trop rude, il en subissait le contrecoup.

Le médecin jugea son état assez sérieux pour prescrire un repos absolu, qui nécessiterait même ensuite des ménagements assez longs. On craignait une fièvre cérébrale.

En huit jours cependant il fut debout, et il reprit son service au ministère.

Mais il n'osait point, se jugeant encore souffrant, approcher de la couche conjugale. Il hésitait et tremblait, comme un général qui va livrer bataille, une bataille dont dépendait son avenir. Et chaque soir il attendait au lendemain, espérant une de ces heures de santé, de bien-être et d'énergie où on se sent capable de tout. Il se tâtait le pouls à chaque instant, et, le trouvant trop faible ou agité, prenait des toniques, mangeait de la viande crue, faisait, avant de rentrer chez lui, de longues courses fortifiantes.

Comme il ne se rétablissait pas à son gré, il eut l'idée d'aller finir la saison chaude aux environs de Paris. Et bientôt la persuasion lui vint que le grand air des champs aurait sur son tempérament une influence souveraine. Dans sa situation, la campagne produit des effets merveilleux, décisifs. Il se rassura par cette certitude du succès prochain, et il répétait à son beau-père, avec des sous-entendus dans la voix : « Quand nous serons à la campagne, je me porterai mieux, et tout ira bien. »

Ce seul mot de « campagne » lui paraissait comporter une signification mystérieuse.

Ils louèrent donc dans le village de Bezons une petite maison et vinrent tous trois y loger. Les deux hommes partaient à pied, chaque matin, à travers la plaine, pour la gare de Colombes, et revenaient à pied tous les soirs[1].

Cora, enchantée de vivre ainsi au bord de la douce rivière, allait s'asseoir sur les berges, cueillait des fleurs, rapportait de gros bouquets d'herbes fines, blondes et tremblotantes.

Chaque soir, ils se promenaient tous trois le long de la rive jusqu'au barrage de la Morue, et ils entraient boire une bouteille de bière au restaurant des Tilleuls. Le fleuve, arrêté par la longue file de piquets, s'élançait entre les joints, sautait, bouillonnait, écumait, sur une largeur de cent mètres ; et le ronflement de la chute faisait frémir le sol, tandis qu'une fine buée, une vapeur humide flottait dans l'air, s'élevait de la cascade comme une fumée légère, jetant aux environs une odeur d'eau battue et une saveur de vase remuée.

La nuit tombait. Là-bas, en face, une grande lueur indiquait Paris, et faisait répéter chaque soir à Cachelin : « Hein ! quelle ville tout de même ! » De temps en temps, un train passant sur le pont de fer qui coupe le bout de l'île faisait un roulement de tonnerre et disparaissait bientôt, soit vers la gauche, soit vers la droite, vers Paris ou vers la mer.

Ils revenaient à pas lents, regardant se lever la lune, s'asseyant sur un fossé pour voir plus longtemps tomber dans le fleuve tranquille sa molle et jaune lumière qui semblait couler avec l'eau et que les rides du courant remuaient comme une moire de feu. Les crapauds poussaient leur cri métallique et court. Des appels d'oiseaux de nuit couraient dans l'air. Et parfois une grande ombre muette glissait sur la rivière, troublant son cours lumineux et calme. C'était une barque de maraudeurs qui jetaient soudain l'épervier et ramenaient sans bruit sur leur bateau, dans le vaste et sombre filet, leur pêche de goujons luisants et frémissants, comme un trésor tiré du fond de l'eau, un trésor vivant de poissons d'argent.

Cora, émue, s'appuyait tendrement au bras de son mari dont elle avait deviné les desseins bien qu'ils n'eussent parlé de rien. C'était pour eux comme un nouveau temps de fiançailles, une seconde attente du baiser d'amour. Parfois il lui jetait une caresse furtive au bord de l'oreille sur la naissance de la nuque, en ce coin charmant de chair tendre où frisent les premiers cheveux. Elle répondait par une pression de main ; et ils se désiraient, se refusant encore l'un à l'autre, sollicités et retenus par une volonté plus énergique, par le fantôme du million.

Cachelin, apaisé par l'espoir qu'il sentait autour de lui, vivait heureux, buvait sec et mangeait beaucoup, sentant naître en lui, au crépuscule, des crises de poésie, cet attendrissement niais qui vient aux plus lourds devant certaines visions des champs : une pluie de lumière dans les branches, un coucher de soleil sur les coteaux lointains, avec des reflets de pourpre sur le fleuve. Et il déclarait : « Moi, devant ces choses-là, je crois à Dieu. Ça me pince là — il montrait le creux de son estomac, — je me sens tout retourné. Je deviens tout drôle. Il me semble qu'on m'a trempé dans un bain qui me donne envie de pleurer. »

Lesable, cependant, allait mieux, saisi soudain par des ardeurs qu'il ne connaissait plus, des besoins de courir comme un jeune cheval, de se rouler sur l'herbe, de pousser des cris de joie.

Il jugea les temps venus. Ce fut une vraie nuit d'épousailles.

Puis ils eurent une lune de miel, pleine de caresses et d'espérances.

Puis ils s'aperçurent que leurs tentatives demeuraient infructueuses et que leur confiance était vaine.

Ce fut un désespoir, un désastre. Mais Lesable ne

perdit pas courage, il s'obstina avec des efforts surhumains. Sa femme, agitée du même désir, et tremblant de la même crainte, plus robuste aussi que lui, se prêtait de bonne grâce à ses tentatives, appelait ses baisers, réveillait sans cesse son ardeur défaillante.

Ils revinrent à Paris dans les premiers jours d'octobre.

La vie devenait dure pour eux. Ils avaient maintenant aux lèvres des paroles désobligeantes ; et Cachelin, qui flairait la situation, les harcelait d'épigrammes de vieux troupier, envenimées et grossières.

Et une pensée incessante les poursuivait, les minait, aiguillonnait leur rancune mutuelle, celle de l'héritage insaisissable. Cora maintenant avait le verbe haut, et rudoyait son mari. Elle le traitait en petit garçon, en moutard, en homme de peu d'importance. Et Cachelin, à chaque dîner, répétait : « Moi, si j'avais été riche, j'aurais eu beaucoup d'enfants... Quand on est pauvre, il faut savoir être raisonnable. » Et, se tournant vers sa fille, il ajoutait : « Toi, tu dois être comme moi, mais voilà... » Et il jetait à son gendre un regard significatif accompagné d'un mouvement d'épaules plein de mépris.

Lesable ne répliquait rien, en homme supérieur tombé dans une famille de rustres. Au ministère on lui trouvait mauvaise mine. Le chef même, un jour, lui demanda : « N'êtes-vous pas malade ? Vous me paraissez un peu changé. »

Il répondit : « Mais non, cher maître. Je suis peut-être fatigué. J'ai beaucoup travaillé depuis quelque temps, comme vous l'avez pu voir. »

Il comptait bien sur son avancement, à la fin de l'année, et il avait repris, dans cet espoir, sa vie laborieuse d'employé modèle.

Il n'eut qu'une gratification de rien du tout, plus

faible que toutes les autres. Son beau-père Cachelin n'eut rien.

Lesable, frappé au cœur, retourna trouver le chef et, pour la première fois, il l'appela : monsieur. « A quoi me sert donc, monsieur, de travailler comme je le fais si je n'en recueille aucun fruit ? »

La grosse tête de M. Torchebeuf parut froissée : « Je vous ai déjà dit, monsieur Lesable, que je n'admettais point de discussion de cette nature entre nous. Je vous répète encore que je trouve inconvenante votre réclamation, étant donné votre fortune actuelle comparée à la pauvreté de vos collègues... »

Lesable ne put se contenir : « Mais je n'ai rien, monsieur ! Notre tante a laissé sa fortune au premier enfant qui naîtrait de mon mariage. Nous vivons, mon beau-père et moi, de nos traitements. »

Le chef, surpris, répliqua : « Si vous n'avez rien aujourd'hui, vous serez riche, dans tous les cas, au premier jour. Donc, cela revient au même. »

Et Lesable se retira, plus atterré de cet avancement perdu que de l'héritage imprenable.

Mais comme Cachelin venait d'arriver à son bureau, quelques jours plus tard, le beau Maze entra avec un sourire sur les lèvres, puis Pitolet parut, l'œil allumé, puis Boissel poussa la porte et s'avança d'un air excité, ricanant et jetant aux autres des regards de connivence. Le père Savon copiait toujours, sa pipe de terre au coin de la bouche, assis sur sa haute chaise, les deux pieds sur le barreau, à la façon des petits garçons.

Personne ne disait rien. On semblait attendre quelque chose, et Cachelin enregistrait les pièces, en annonçant tout haut, suivant sa coutume : « Toulon. Fournitures de gamelles d'officiers pour le *Richelieu*. — Lorient. Scaphandres pour le

Desaix. — Brest. Essais sur les toiles à voiles de provenance anglaise ! »

Lesable parut. Il venait maintenant chaque matin chercher les affaires qui le concernaient, son beau-père ne prenant plus la peine de les lui faire porter par le garçon.

Pendant qu'il fouillait dans les papiers étalés sur le bureau du commis d'ordre, Maze le regardait de coin en se frottant les mains, et Pitolet, qui roulait une cigarette, avait des petits plis de joie sur les lèvres, ces signes d'une gaieté qui ne se peut plus contenir. Il se tourna vers l'expéditionnaire : « Dites donc, papa Savon, vous avez appris bien des choses dans votre existence, vous ? »

Le vieux, comprenant qu'on allait se moquer de lui et parler encore de sa femme, ne répondit pas.

Pitolet reprit : « Vous avez toujours bien trouvé le secret pour faire des enfants, puisque vous en avez eu plusieurs ? »

Le bonhomme releva la tête : « Vous savez, monsieur Pitolet, je n'aime pas les plaisanteries sur ce sujet. J'ai eu le malheur d'épouser une compagne indigne. Lorsque j'ai acquis la preuve de son infidélité, je me suis séparé d'elle. »

Maze demanda d'un ton indifférent, sans rire : « Vous l'avez eue plusieurs fois, la preuve, n'est-ce pas ? »

Et le père Savon répondit gravement : « Oui, monsieur. »

Pitolet reprit la parole : « Cela n'empêche que vous êtes père de plusieurs enfants, trois ou quatre, m'a-t-on dit ? »

Le bonhomme, devenu fort rouge, bégaya : « Vous cherchez à me blesser, monsieur Pitolet, mais vous n'y parviendrez point. Ma femme a eu, en effet, trois enfants. J'ai lieu de supposer que le premier est de moi, mais je renie les deux autres. »

Pitolet reprit : « Tout le monde dit, en effet, que le premier est de vous. Cela suffit. C'est très beau d'avoir un enfant, très beau et très heureux. Tenez, je parie que Lesable serait enchanté d'en faire un, un seul, comme vous ? »

Cachelin avait cessé d'enregistrer. Il ne riait pas, bien que le père Savon fût sa tête de Turc ordinaire et qu'il eût épuisé sur lui la série des plaisanteries inconvenantes au sujet de ses malheurs conjugaux.

Lesable avait ramassé ses papiers ; mais, sentant bien qu'on l'attaquait, il voulait demeurer, retenu par l'orgueil, confus et irrité, et cherchant qui donc avait pu livrer son secret. Puis le souvenir de ce qu'il avait dit au chef lui revint, et il comprit aussitôt qu'il lui faudrait montrer tout de suite une grande énergie, s'il ne voulait point servir de plastron au ministère tout entier.

Boissel marchait de long en large en ricanant toujours. Il imita la voix éraillée des crieurs des rues et beugla : « Le secret pour faire des enfants, dix centimes, deux sous ! Demandez le secret pour faire des enfants, révélé par M. Savon, avec beaucoup d'horribles détails ! »

Tout le monde se mit à rire, hormis Lesable et son beau-père. Et Pitolet, se tournant vers le commis d'ordre : « Qu'est-ce que vous avez donc, Cachelin ? Je ne reconnais pas votre gaieté habituelle. On dirait que vous ne trouvez pas ça drôle que le père Savon ait eu un enfant de sa femme. Moi, je trouve ça très farce, très farce. Tout le monde n'en peut pas faire autant ! »

Lesable s'était remis à remuer des papiers, faisait semblant de lire et de ne rien entendre, mais il était devenu blême.

Boissel reprit avec la même voix de voyou : « De

l'utilité des héritiers pour recueillir les héritages, dix centimes, deux sous, demandez ! »

Alors Maze qui jugeait inférieur ce genre d'esprit et qui en voulait personnellement à Lesable de lui avoir dérobé l'espoir de fortune qu'il nourrissait dans le fond de son cœur, lui demanda directement : « Qu'est-ce que vous avez donc, Lesable, vous êtes fort pâle ? »

Lesable releva la tête et regarda bien en face son collègue. Il hésita quelques secondes, la lèvre frémissante, cherchant quelque chose de blessant et de spirituel, mais ne trouvant pas à son gré, il répondit : « Je n'ai rien. Je m'étonne seulement de vous voir déployer tant de finesse. »

Maze, toujours le dos au feu et relevant de ses deux mains les basques de sa redingote, reprit en riant : « On fait ce qu'on peut, mon cher. Nous sommes comme vous, nous ne réussissons pas toujours... »

Une explosion de rires lui coupa la parole. Le père Savon, stupéfait, comprenant vaguement qu'on ne s'adressait plus à lui, qu'on ne se moquait pas de lui, restait bouche béante, la plume en l'air. Et Cachelin attendait, prêt à tomber à coups de poing sur le premier que le hasard lui désignerait.

Lesable balbutia : « Je ne comprends pas. A quoi n'ai-je pas réussi ? »

Le beau Maze laissa retomber un des côtés de sa redingote pour se friser la moustache et, d'un ton gracieux : « Je sais que vous réussissez d'ordinaire à tout ce que vous entreprenez. Donc, j'ai eu tort de parler de vous. D'ailleurs, il s'agissait des enfants de papa Savon et non des vôtres, puisque vous n'en avez pas. Or, puisque vous réussissez dans vos entreprises, il est évident que si vous n'avez pas d'enfants, c'est que vous n'en avez pas voulu. »

Lesable demanda rudement : « De quoi vous mêlez-vous ? »

Devant ce ton provocant, Maze, à son tour, haussa la voix : « Dites donc, vous, qu'est-ce qui vous prend ? Tâchez d'être poli, ou vous aurez affaire à moi ! »

Mais Lesable tremblait de colère, et perdant toute mesure : « Monsieur Maze, je ne suis pas, comme vous, un grand fat, ni un grand beau. Et je vous prie désormais de ne jamais m'adresser la parole. Je ne me soucie ni de vous ni de vos semblables. » Et il jetait un regard de défi vers Pitolet et Boissel.

Maze avait soudain compris que la vraie force est dans le calme et l'ironie ; mais, blessé dans toutes ses vanités, il voulut frapper au cœur son ennemi, et reprit d'un ton protecteur, d'un ton de conseiller bienveillant, avec une rage dans les yeux : « Mon cher Lesable, vous passez les bornes. Je comprends d'ailleurs votre dépit ; il est fâcheux de perdre une fortune et de la perdre pour si peu, pour une chose si facile, si simple... Tenez, si vous voulez, je vous rendrai ce service-là, moi, pour rien, en bon camarade. C'est l'affaire de cinq minutes... »

Il parlait encore, il reçut en pleine poitrine l'encrier du père Savon, que Lesable lui lançait. Un flot d'encre lui couvrit le visage, le métamorphosant en nègre avec une rapidité surprenante. Il s'élança, roulant des yeux blancs, la main levée pour frapper. Mais Cachelin couvrit son gendre, arrêtant à bras-le-corps le grand Maze, et, le bousculant, le secouant, le bourrant de coups, il le rejeta contre le mur. Maze se dégagea d'un effort violent, ouvrit la porte, cria vers les deux hommes : « Vous allez avoir de mes nouvelles ! » et il disparut.

Pitolet et Boissel le suivirent. Boissel expliqua sa modération, par la crainte qu'il avait eue de tuer quelqu'un en prenant part à la lutte.

Aussitôt rentré dans son bureau, Maze tenta de se nettoyer, mais il n'y put réussir ; il était teint avec une encre à fond violet, dite indélébile et ineffaçable. Il demeurait devant sa glace, furieux et désolé, et se frottant la figure rageusement avec sa serviette roulée en bouchon. Il n'obtint qu'un noir plus riche, nuancé de rouge, le sang affluant à la peau.

Boissel et Pitolet l'avaient suivi et lui donnaient des conseils. Selon celui-ci, il fallait se laver le visage avec de l'huile d'olive pure ; selon celui-là, on réussirait avec de l'ammoniaque. Le garçon de bureau fut envoyé pour demander conseil à un pharmacien. Il rapporta un liquide jaune et une pierre ponce. On n'obtint aucun résultat.

Maze, découragé, s'assit et déclara : « Maintenant, il reste à vider la question d'honneur. Voulez-vous me servir de témoins et aller demander à M. Lesable soit des excuses suffisantes soit une réparation par les armes ? »

Tous deux acceptèrent et on se mit à discuter la marche à suivre. Ils n'avaient aucune idée de ces sortes d'affaires, mais ne voulaient pas l'avouer, et, préoccupés par le désir d'être corrects, ils émettaient des opinions timides et diverses. Il fut décidé qu'on consulterait un capitaine de frégate détaché au ministère pour diriger le service des charbons. Il n'en savait pas plus qu'eux. Après avoir réfléchi, il leur conseilla néanmoins d'aller trouver Lesable et de le prier de les mettre en rapport avec deux amis.

Comme ils se dirigeaient vers le bureau de leur confrère, Boissel s'arrêta soudain : « Ne serait-il pas urgent d'avoir des gants ? »

Pitolet hésita une seconde : « Oui, peut-être. » Mais pour se procurer des gants, il fallait sortir, et le chef ne badinait pas. On renvoya donc le garçon de bureau chercher un assortiment chez un marchand. La couleur les arrêta longtemps. Boissel les voulait noirs ; Pitolet trouvait cette teinte déplacée dans la circonstance. Ils les prirent violets.

En voyant entrer ces deux hommes gantés et solennels, Lesable leva la tête et demanda brusquement : « Qu'est-ce que vous voulez ? »

Pitolet répondit : « Monsieur, nous sommes chargés par notre ami M. Maze de vous demander soit des excuses, soit une réparation par les armes, pour les voies de fait auxquelles vous vous êtes livré sur lui. »

Mais Lesable, encore exaspéré, cria : « Comment ! il m'insulte, et il vient encore me provoquer ? Dites-lui que je le méprise, que je méprise ce qu'il peut dire ou faire. »

Boissel, tragique, s'avança : « Vous allez nous forcer, monsieur, à publier dans les journaux un procès-verbal qui vous sera fort désagréable. »

Pitolet, malin, ajouta : « Et qui pourra nuire gravement à votre honneur et à votre avancement futur. »

Lesable, atterré, les contemplait. Que faire ? Il songea à gagner du temps : « Messieurs, vous aurez ma réponse dans dix minutes. Voulez-vous l'attendre dans le bureau de M. Pitolet ? »

Dès qu'il fut seul, il regarda autour de lui, comme pour chercher un conseil, une protection.

Un duel ! Il allait avoir un duel[1] !

Il restait palpitant, effaré, en homme paisible qui n'a jamais songé à cette possibilité, qui ne s'est point préparé à ces risques, à ces émotions, qui n'a point fortifié son courage dans la prévision de cet événement formidable. Il voulut se lever et retomba assis, le cœur battant, les jambes molles. Sa colère et sa force avaient tout à coup disparu.

Mais la pensée de l'opinion du ministère et du bruit que la chose allait faire à travers les bureaux réveilla son orgueil défaillant, et, ne sachant que résoudre, il se rendit chez le chef pour prendre son avis.

M. Torchebeuf fut surpris et demeura perplexe. La nécessité d'une rencontre armée ne lui apparaissait pas ; et il songeait que tout cela allait encore désorganiser son service. Il répétait : « Moi, je ne puis rien vous dire. C'est là une question d'honneur qui ne me regarde pas. Voulez-vous que je vous donne un mot pour le commandant Bouc ? C'est un homme compétent en la matière et il pourra vous guider. »

Lesable accepta et alla trouver le commandant qui consentit même à être témoin ; il prit un sous-chef pour le seconder.

Boissel et Pitolet les attendaient, toujours gantés. Ils avaient emprunté deux chaises dans un bureau voisin afin d'avoir quatre sièges.

On se salua gravement, on s'assit. Pitolet prit la parole et exposa la situation. Le commandant, après l'avoir écouté, répondit : « La chose est grave, mais ne me paraît pas irréparable ; tout dépend des intentions. » C'était un vieux marin sournois qui s'amusait.

Et une longue discussion commença, où furent élaborés successivement quatre projets de lettres, les excuses devant être réciproques. Si M. Maze reconnaissait n'avoir pas eu l'intention d'offenser, dans le principe, M. Lesable, celui-ci s'empresserait d'avouer tous ses torts en lançant l'encrier, et s'excuserait de sa violence inconsidérée.

Et les quatre mandataires retournèrent vers leurs clients.

Maze, assis maintenant devant sa table, agité par l'émotion du duel possible, bien que s'attendant à voir reculer son adversaire, regardait successivement l'une et l'autre de ses joues dans un de ces petits miroirs ronds, en étain, que tous les employés cachent dans leur tiroir pour faire, avant le départ du soir, la toilette de leur barbe, de leurs cheveux et de leur cravate.

Il lut les lettres qu'on lui soumettait et déclara avec une satisfaction visible : « Cela me paraît fort honorable. Je suis prêt à signer. »

Lesable, de son côté, avait accepté sans discussion la rédaction de ses témoins, en déclarant : « Du moment que c'est là votre avis, je ne puis qu'acquiescer. »

Et les quatre plénipotentiaires se réunirent de nouveau. Les lettres furent échangées ; on se salua gravement, et, l'incident vidé, on se sépara.

Une émotion extraordinaire régnait dans l'administration. Les employés allaient aux nouvelles, passaient d'une porte à l'autre, s'abordaient dans les couloirs.

Quand on sut l'affaire terminée, ce fut une déception générale. Quelqu'un dit : « Ça ne fait toujours pas d'enfant à Lesable. » Et le mot courut. Un employé rima une chanson.

Mais, au moment où tout semblait fini, une difficulté surgit, soulevée par Boissel : « Quelle devait être l'attitude des deux adversaires quand ils se trouveraient face à face ? Se salueraient-ils ? Feindraient-ils de ne point se connaître ? » Il fut décidé qu'ils se rencontreraient, comme par hasard, dans le bureau du chef et qu'ils échangeraient, en présence de M. Torchebeuf, quelques paroles de politesse.

Cette cérémonie fut aussitôt accomplie ; et Maze, ayant fait demander un fiacre, rentra chez lui pour essayer de se nettoyer la peau.

Lesable et Cachelin remontèrent ensemble, sans

parler, exaspérés l'un contre l'autre, comme si ce qui venait d'arriver eût dépendu de l'un ou de l'autre. Dès qu'il fut rentré chez lui, Lesable jeta violemment son chapeau sur la commode et cria vers sa femme.

« J'en ai assez, moi. J'ai un duel pour toi, maintenant ! »

Elle le regarda, surprise, irritée déjà.

« Un duel, pourquoi cela ?

— Parce que Maze m'a insulté à ton sujet. »

Elle s'approcha : « A mon sujet ? Comment ? »

Il s'était assis rageusement dans un fauteuil. Il reprit : « Il m'a insulté... Je n'ai pas besoin de t'en dire plus long. »

Mais elle voulait savoir : « J'entends que tu me répètes les propos qu'il a tenus sur moi. »

Lesable rougit, puis balbutia : « Il m'a dit... il m'a dit... C'est à propos de ta stérilité. »

Elle eut une secousse ; puis une fureur la souleva et la rudesse paternelle transperçant sa nature de femme, elle éclata : « Moi ! Je suis stérile, moi ? Qu'est-ce qu'il en sait, ce manant-là ? Stérile, avec toi, oui, parce que tu n'es pas un homme ! Mais si j'avais épousé quelqu'un, n'importe qui, entends-tu, j'en aurais eu des enfants. Ah ! je te conseille de parler ! Cela me coûte cher d'avoir épousé une chiffe comme toi !... Et qu'est-ce que tu as répondu à ce gueux ? »

Lesable, effaré, devant cet orage, bégaya : « Je l'ai... souffleté. »

Elle le regarda, étonnée : « Et qu'est-ce qu'il a fait, lui ?

— Il m'a envoyé des témoins. Voilà ! »

Elle s'intéressait maintenant à cette affaire, attirée, comme toutes les femmes, vers les aventures dramatiques, et elle demanda, adoucie tout à coup, prise soudain d'une certaine estime pour cet homme qui allait risquer sa vie : « Quand est-ce que vous vous battez ? »

Il répondit tranquillement : « Nous ne nous battons pas ; la chose a été arrangée par les témoins. Maze m'a fait des excuses. »

Elle le dévisagea, outrée de mépris : « Ah ! on m'a insultée devant toi et tu as laissé dire, et tu ne te bats point ! Il ne te manquait plus que d'être un poltron ! »

Il se révolta : « Je t'ordonne de te taire. Je sais mieux que toi ce qui regarde mon honneur. D'ailleurs, voici la lettre de M. Maze. Tiens, lis, et tu verras. »

Elle prit le papier, le parcourut, devina tout, et ricanant :

« Toi aussi tu as écrit une lettre ? Vous avez eu peur l'un de l'autre. Oh ! que les hommes sont lâches ! Si nous étions à votre place , nous autres... Enfin, là-dedans, c'est moi qui ai été insultée, moi, ta femme, et tu te contentes de cela ! Ça ne m'étonne plus si tu n'es pas capable d'avoir un enfant. Tout se tient. Tu es aussi... mollasse devant les femmes que devant les hommes. Ah ! j'ai pris là un joli coco ! »

Elle avait trouvé soudain la voix et les gestes de Cachelin, des gestes canailles de vieux troupier et des intonations d'homme.

Debout devant lui, les mains sur les hanches, haute, forte, vigoureuse, la poitrine ronde, la face rouge, la voix profonde et vibrante, le sang colorant ses joues fraîches de belle fille, elle regardait, assis devant elle, ce petit homme pâle, un peu chauve, rasé, avec ses courts favoris d'avocat. Elle avait envie de l'étrangler, de l'écraser.

Et elle répéta : « Tu n'es capable de rien, de rien. Tu laisses même tout le monde te passer sur le dos comme employé ! »

La porte s'ouvrit ; Cachelin parut, attiré par le bruit des voix, et il demanda : « Qu'est-ce qu'il y a ? »

Elle se retourna : « Je dis son fait à ce pierrot-là ! »

Et Lesable, levant les yeux, s'aperçut de leur ressemblance. Il lui sembla qu'un voile se levait qui les lui montrait tels qu'ils étaient, le père et la fille, du même sang, de la même race commune et grossière. Il se vit perdu, condamné à vivre entre les deux, toujours.

Cachelin déclara : « Si seulement on pouvait divorcer[1]. Ça n'est pas agréable d'avoir épousé un chapon. »

Lesable se dressa d'un bond, tremblant de fureur, éclatant à ce mot. Il marcha vers son beau-père, en bredouillant : « Sortez d'ici !... Sortez !... Vous êtes chez moi, entendez-vous... Je vous chasse... » Et il saisit sur la commode une bouteille pleine d'eau sédative qu'il brandissait comme une massue.

Cachelin, intimidé, sortit à reculons en murmurant : « Qu'est-ce qui lui prend, maintenant ? »

Mais la colère de Lesable ne s'apaisa point ; c'en était trop. Il se tourna vers sa femme, qui le regardait toujours, un peu étonnée de sa violence, et il cria, après avoir posé sa bouteille sur le meuble : « Quant à toi... quant à toi... » Mais, comme il ne trouvait rien à dire, n'ayant pas de raison à donner, il demeurait en face d'elle, le visage décomposé, la voix changée.

Elle se mit à rire.

Devant cette gaieté qui l'insultait encore, il devint fou, et s'élançant, il la saisit au cou de la main gauche, tandis qu'il la giflait furieusement de la droite. Elle reculait, éperdue, suffoquant. Elle rencontra le lit et s'abattit dessus à la renverse. Il ne la lâchait point et frappait toujours. Tout à coup il se leva, esssoufflé, épuisé ; et, honteux soudain de sa brutalité, il balbutia : « Voilà... voilà... voilà ce que c'est. »

Mais elle ne remuait point, comme s'il l'eût tuée. Elle restait sur le dos, au bord de la couche, la figure cachée maintenant dans ses deux mains. Il s'approcha, gêné, se demandant ce qui allait arriver et attendant qu'elle découvrît son visage pour voir ce qui se passait en elle. Au bout de quelques minutes, son angoisse grandissant, il murmura : « Cora ! dis, Cora ! » Elle ne répondit point et ne bougea pas. Qu'avait-elle ? Que faisait-elle ? Qu'allait-elle faire surtout ?

Sa rage passée, tombée aussi brusquement qu'elle s'était éveillée, il se sentait odieux, presque criminel. Il avait battu une femme, sa femme, lui, l'homme sage et froid, l'homme bien élevé et toujours raisonnable. Et dans l'attendrissement de la réaction, il avait envie de demander pardon, de se mettre à genoux, d'embrasser cette joue frappée et rouge. Il toucha, du bout du doigt, doucement, une des mains étendues sur ce visage invisible. Elle sembla ne rien sentir. Il la flatta, la caressant comme on caresse un chien grondé. Elle ne s'en aperçut pas. Il dit encore : « Cora, écoute, Cora, j'ai eu tort, écoute. » Elle semblait morte. Alors il essaya de soulever cette main. Elle se détacha facilement, et il vit un œil ouvert qui le regardait, un œil fixe, inquiétant et troublant.

Il reprit : « Écoute, Cora, je me suis laissé emporter par la colère. C'est ton père qui m'avait poussé à bout. On n'insulte pas un homme ainsi. »

Elle ne répondit rien, comme si elle n'entendait pas. Il ne savait que dire, que faire. Il l'embrassa près de l'oreille, et, en se relevant, il vit une larme au coin de l'œil, une grosse larme qui se détacha et roula vivement sur la joue ; et la paupière s'agitait, se fermait coup sur coup.

Il fut saisi de chagrin, pénétré d'émotion, et, ouvrant les bras, il s'étendit sur sa femme ; il écarta l'autre main avec ses lèvres, et lui baisant toute la figure, il la priait : « Ma pauvre Cora, pardonne-moi, dis, pardonne-moi. »

Elle pleurait toujours, sans bruit, sans sanglots, comme on pleure des chagrins profonds.

Il la tenait serrée contre lui, la caressant, lui murmurant dans l'oreille tous les mots tendres qu'il pouvait trouver. Mais elle demeurait insensible. Cependant elle cessa de pleurer. Ils restèrent longtemps ainsi, étendus et enlacés.

La nuit venait, emplissant d'ombre la petite chambre ; et lorsque la pièce fut bien noire, il s'enhardit et sollicita son pardon de manière à raviver leurs espérances.

Lorsqu'ils se furent relevés, il avait repris sa voix et sa figure ordinaires, comme si rien ne s'était passé. Elle paraissait au contraire attendrie, parlait d'un ton plus doux que de coutume, regardait son mari avec des yeux soumis, presque caressants, comme si cette correction inattendue eût détendu ses nerfs et amolli son cœur. Il prononça tranquillement : « Ton père doit s'ennuyer, tout seul chez lui ; tu devrais bien aller le chercher. Il serait temps de dîner, d'ailleurs. ». Elle sortit.

Il était sept heures, en effet, et la petite bonne annonça la soupe ; puis Cachelin, calme et souriant, reparut avec sa fille. On se mit à table et on causa, ce soir-là, avec plus de cordialité qu'on n'avait fait depuis longtemps, comme si quelque chose d'heureux était arrivé pour tout le monde.

V

Mais leurs espérances toujours entretenues, toujours renouvelées, n'aboutissaient jamais à rien. De mois en mois leurs attentes déçues, malgré la persistance de Lesable et la bonne volonté de sa compagne, les enfiévraient d'angoisse. Chacun sans cesse reprochait à l'autre leur insuccès, et l'époux désespéré, amaigri, fatigué, avait à souffrir surtout de la grossièreté de Cachelin qui ne l'appelait plus, dans leur intimité guerroyante, que « M. Lecoq », en souvenir sans doute de ce jour où il avait failli recevoir une bouteille par la figure pour avoir prononcé le mot Chapon.

Sa fille et lui, ligués d'instinct, enragés par la pensée constante de cette grosse fortune si proche et impossible à saisir, ne savaient qu'inventer pour humilier et torturer cet impotent d'où venait leur malheur.

En se mettant à table, Cora, chaque jour, répétait : « Nous avons peu de chose pour le dîner. Il en serait autrement si nous étions riches. Ce n'est pas ma faute. »

Quand Lesable partait pour son bureau, elle lui criait du fond de sa chambre : « Prends ton parapluie pour ne pas me revenir sale comme une roue d'omnibus. Après tout, ce n'est pas ma faute si tu es encore obligé de faire ce métier de gratte-papier. »

Quand elle allait sortir elle-même, elle ne manquait jamais de s'écrier : « Dire que si j'avais épousé un autre homme j'aurais une voiture à moi. »

A toute heure, à toute occasion, elle pensait à cela, piquait son mari d'un reproche, le cinglait d'une injure, le faisait seul coupable, le rendait seul responsable de la perte de cet argent qu'elle aurait possédé.

Un soir enfin, perdant encore patience, il s'écria : « Mais, nom d'un chien ! te tairas-tu à la fin ? D'abord, c'est ta faute, à toi seule, entends-tu, si nous n'avons pas d'enfant, parce que j'en ai un, moi... »

Il mentait, préférant tout à cet éternel reproche et à cette honte de paraître impuissant.

Elle le regarda, étonnée d'abord, cherchant la vérité dans ses yeux, puis ayant compris, et pleine de dédain : « Tu as un enfant, toi ? »

Il répondit effrontément : « Oui, un enfant naturel que je fais élever à Asnières. »

Elle reprit avec tranquillité : « Nous irons le voir demain pour que je me rende compte comment il est fait. »

Mais il rougit jusqu'aux oreilles en balbutiant : « Comme tu voudras. »

Elle se leva, le lendemain, dès sept heures, et comme il s'étonnait : « Mais n'allons-nous pas voir ton enfant ? Tu me l'as promis hier soir. Est-ce que tu n'en aurais plus aujourd'hui, par hasard ? »

Il sortit de son lit brusquement : « Ce n'est pas mon enfant que nous allons voir, mais un médecin ; et il te dira ton fait. »

Elle répondit, en femme sûre d'elle : « Je ne demande pas mieux. »

Cachelin se chargea d'annoncer au ministère que son gendre était malade ; et le ménage Lesable, renseigné par un médecin voisin, sonnait à une heure précise à la porte du docteur Lefilleul, auteur de plusieurs ouvrages sur l'hygiène de la génération.

Ils entrèrent dans un salon blanc à filets d'or, mal meublé, qui semblait nu et inhabité malgré le nombre des sièges. Ils s'assirent. Lesable se sentait ému, tremblant, honteux aussi. Leur tour vint et ils pénétrèrent dans une sorte de bureau où les reçut un gros homme de petite taille, cérémonieux et froid.

Il attendit qu'ils s'expliquassent ; mais Lesable ne s'y hasardait point, rouge jusqu'aux oreilles. Sa femme alors se décida, et, d'une voix tranquille, en personne résolue à tout pour arriver à son but : « Monsieur, nous venons vous trouver parce que nous n'avons pas d'enfant. Une grosse fortune en dépend pour nous. »

La consultation fut longue, minutieuse et pénible. Seule Cora ne semblait point gênée, se prêtait à l'examen attentif du médecin en femme qu'anime et que soutient un intérêt plus haut.

Après avoir étudié pendant près d'une heure les deux époux, le praticien ne se prononça pas.

« Je ne constate rien, dit-il, rien d'anormal, ni rien de spécial. Le cas, d'ailleurs, se présente assez fréquemment. Il en est des corps comme des caractères. Lorsque nous voyons tant de ménages disjoints pour incompatibilité d'humeur, il n'est pas étonnant d'en voir d'autres stériles pour incompatibilité physique. Madame me paraît particulièrement bien constituée et apte à la génération. Monsieur, de son côté, bien que ne présentant aucun caractère de conformation en dehors de la règle, me semble affaibli, peut-être même par suite de son excessif désir de devenir père. Voulez-vous me permettre de vous ausculter ? »

Lesable, inquiet, ôta son gilet et le docteur colla longtemps son oreille sur le thorax et dans le dos de l'employé, puis il tapota obstinément depuis l'estomac jusqu'au cou et depuis les reins jusqu'à la nuque.

Il constata un léger trouble au premier temps du cœur, et même une menace du côté de la poitrine.

« Il faut vous soigner, monsieur, vous soigner attentivement. C'est de l'anémie, de l'épuisement, pas autre chose. Ces accidents, encore insignifiants, pourraient, en peu de temps, devenir incurables. »

Lesable, blême d'angoisse, demanda une ordonnance. On lui prescrivit un régime compliqué. Du fer, des viandes rouges, du bouillon dans le jour, de l'exercice, du repos et un séjour à la campagne pendant l'été. Puis le docteur leur donna des conseils pour le moment où il irait mieux. Il leur indiqua des pratiques usitées dans leur cas et qui avaient souvent réussi.

La consultation coûta quarante francs.

Lorsqu'ils furent dans la rue, Cora prononça, pleine de colère sourde et prévoyant l'avenir : « Me voilà bien lotie, moi ! »

Il ne répondit pas. Il marcha dévoré de craintes, recherchant et pesant chaque parole du docteur. Ne l'avait-il pas trompé ? Ne l'avait-il pas jugé perdu ? Il ne pensait guère à l'héritage, maintenant, et à l'enfant ! Il s'agissait de sa vie !

Il lui semblait entendre un sifflement dans ses poumons et sentir son cœur battre à coups précipités. En traversant les Tuileries, il eut une faiblesse et désira s'asseoir. Sa femme, exaspérée, resta debout près de lui pour l'humilier, le regardant de haut en bas avec une pitié méprisante. Il respirait péniblement, exagérant l'essoufflement qui provenait de son émotion ; et, les doigts de la main gauche sur le pouls du poignet droit, il comptait les pulsations de l'artère.

Cora, qui piétinait d'impatience, demanda : « Est-ce fini, ces manières-là ? Quand tu seras prêt ? » Il se leva, comme se lèvent les victimes, et se remit en route sans prononcer une parole.

Quand Cachelin apprit le résultat de la consultation, il ne modéra point sa fureur. Il gueulait : « Nous voilà propres, ah bien ! nous voilà propres. » Et il regardait son gendre avec des yeux féroces, comme s'il eût voulu le dévorer.

Lesable n'écoutait pas, n'entendait pas, ne pensant plus qu'à sa santé, à son existence menacée. Ils pouvaient crier, le père et la fille, ils n'étaient pas dans sa peau, à lui, et, sa peau, il la voulait garder.

Il eut des bouteilles de pharmacien sur sa table, et il dosait, à chaque repas, les médicaments, sous les sourires de sa femme et les rires bruyants de son beau-père. Il se regardait dans la glace à tout instant, posait à tout moment la main sur son cœur pour en étudier les secousses, et il se fit faire un lit dans une pièce obscure qui servait de garde-robe, ne voulant plus se trouver en contact charnel avec Cora.

Il éprouvait pour elle, maintenant, une haine apeurée, mêlée de mépris et de dégoût. Toutes les femmes, d'ailleurs, lui apparaissaient à présent comme des monstres, des bêtes dangereuses, ayant pour mission de tuer les hommes : et il ne pensait plus au testament de tante Charlotte que comme on pense à un accident passé dont on a failli mourir.

Des mois encore s'écoulèrent. Il ne restait plus qu'un an avant le terme final.

Cachelin avait accroché dans la salle à manger un énorme calendrier dont il effaçait un jour chaque matin, et l'exaspération de son impuissance, le désespoir de sentir de semaine en semaine lui échapper cette fortune, la rage de penser qu'il lui faudrait trimer encore au bureau, et vivre ensuite avec une retraite de deux mille francs, jusqu'à sa mort, le poussaient à des violences de paroles qui, pour moins que rien, seraient devenues des voies de fait.

Il ne pouvait regarder Lesable sans frémir d'un besoin furieux de le battre, de l'écraser, de le piétiner. Il le haïssait d'une haine désordonnée. Chaque fois qu'il le voyait ouvrir la porte, entrer, il lui semblait qu'un voleur pénétrait chez lui, qui l'avait dépouillé d'un bien sacré, d'un héritage de famille. Il le haïssait plus qu'on ne hait un ennemi mortel, et il le méprisait en même temps pour sa faiblesse, et surtout pour sa lâcheté, depuis qu'il avait renoncé à poursuivre l'espoir commun par crainte de sa santé.

Lesable, en effet, vivait plus séparé de sa femme que si aucun lien ne les eût unis. Il ne l'approchait plus, ne la touchait plus, évitait même son regard, autant par honte que par peur.

Cachelin, chaque jour, demandait à sa fille : « Eh bien, ton mari s'est-il décidé ? »

Elle répondait : « Non, papa. »

Chaque soir, à table, avaient lieu des scènes pénibles. Cachelin sans cesse répétait : « Quand un homme n'est pas un homme, il ferait mieux de crever pour céder la place à un autre. »

Et Cora ajoutait : « Le fait est qu'il y a des gens bien inutiles et bien gênants. Je ne sais pas trop ce qu'ils font sur la terre si ce n'est d'être à charge à tout le monde. »

Lesable buvait ses drogues et ne répondait pas.

Un jour enfin, son beau-père lui cria : « Vous savez, vous, si vous ne changez pas d'allures, maintenant que vous allez mieux, je sais bien ce que fera ma fille !... »

Le gendre leva les yeux, pressentant un nouvel outrage, interrogeant du regard. Cachelin reprit : « Elle en prendra un autre que vous, parbleu ! Et vous avez une rude chance que ce ne soit pas déjà fait. Quand on a épousé un paltoquet de votre espèce, tout est permis. »

Lesable, livide, répondit : « Ce n'est pas moi qui l'empêche de suivre vos bons conseils. »

Cora avait baissé les yeux. Et Cachelin, sentant vaguement qu'il venait de dire une chose trop forte, demeura un peu confus.

VI

Au ministère, les deux hommes semblaient vivre en assez bonne intelligence. Une sorte de pacte tacite s'était fait entre eux pour cacher à leurs collègues les batailles de leur intérieur. Ils s'appelaient « mon cher Cachelin » — « mon cher Lesable », et feignaient même de rire ensemble, d'être heureux et contents, satisfaits de leur vie commune.

Lesable et Maze, de leur côté, se comportaient l'un vis-à-vis de l'autre avec la politesse cérémonieuse d'adversaires qui ont failli se battre. Le duel raté dont ils avaient eu le frisson mettait entre eux une politesse exagérée, une considération plus marquée, et peut-être un désir secret de rapprochement, venu de la crainte confuse d'une complication nouvelle. On observait et on approuvait leur attitude d'hommes du monde qui ont eu une affaire d'honneur.

Ils se saluaient de fort loin, avec une gravité sévère, d'un grand coup de chapeau tout à fait digne.

Ils ne se parlaient pas, aucun des deux ne voulant ou n'osant prendre sur lui de commencer.

Mais un jour, Lesable, que le chef demandait immédiatement, se mit à courir pour marquer son zèle, et, au détour du couloir, il alla donner de tout son élan dans le ventre d'un employé qui arrivait en sens inverse. C'était Maze. Ils reculèrent tous les deux, et Lesable demanda avec un empressement confus et poli : « Je ne vous ai point fait de mal, monsieur ? »

L'autre répondit : « Nullement, monsieur. »

Depuis ce moment, ils jugèrent convenable d'échanger quelques paroles en se rencontrant. Puis, entrant en lutte de courtoisie, ils eurent des prévenances l'un pour l'autre, d'où naquit bientôt une certaine familiarité, puis une intimité que tempérait une réserve, l'intimité de gens qui s'étaient méconnus, mais dont une certaine hésitation craintive retient encore l'élan ; puis, à force de politesses et de visites de pièce à pièce, une camaraderie s'établit.

Souvent ils bavardaient maintenant, en venant aux nouvelles dans le bureau du commis d'ordre. Lesable avait perdu de sa morgue d'employé sûr d'arriver, Maze mettait de côté sa tenue d'homme du monde ; et Cachelin se mêlait à la conversation, semblait voir avec intérêt leur amitié. Quelquefois, après le départ du beau commis, qui s'en allait la taille droite, effleurant du front le haut de la porte, il murmurait en regardant son gendre : « En voilà un gaillard, au moins ! »

Un matin, comme ils étaient là tous les quatre, car le père Savon ne quittait jamais sa copie, la chaise de l'expéditionnaire, sciée sans doute par quelque farceur, s'écroula sous lui, et le bonhomme roula sur le parquet en poussant un cri d'effroi.

Les trois autres se précipitèrent. Le commis d'ordre attribua cette machination aux communards et Maze voulait à toute force voir l'endroit blessé. Cachelin et lui essayèrent même de déshabiller le vieux pour le panser, disaient-ils. Mais il résistait désespérément, criant qu'il n'avait rien.

Quand la gaieté fut apaisée, Cachelin, tout à coup, s'écria : « Dites donc, monsieur Maze, vous ne savez pas, maintenant que nous sommes bien ensemble, vous devriez venir dîner dimanche à la maison. Ça nous ferait plaisir à tous, à mon gendre, à moi et à ma fille qui vous connaît bien de nom, car on parle souvent du bureau. C'est dit, hein ? »

Lesable joignit ses instances, mais plus froidement, à celles de son beau-père : « Venez donc, vous nous ferez grand plaisir. »

Maze hésitait, embarrassé, souriant au souvenir de tous les bruits qui couraient.

Cachelin le pressait : « Allons, c'est entendu ?

— Eh bien, oui, j'accepte. »

Quand son père lui dit, en rentrant : « Tu ne sais pas, M. Maze vient dîner ici dimanche prochain », Cora, surprise d'abord, balbutia : « Monsieur Maze ? — Tiens ! »

Et elle rougit jusqu'aux cheveux, sans savoir pourquoi. Elle avait si souvent entendu parler de lui, de ses manières, de ses succès, car il passait dans le ministère pour entreprenant avec les femmes et irrésistible, qu'un désir de le connaître s'était éveillé en elle depuis longtemps.

Cachelin reprit en se frottant les mains : « Tu verras, c'est un rude gars, et un beau garçon. Il est haut comme un carabinier, il ne ressemble pas à ton mari, celui-là ! »

Elle ne répondit rien, confuse comme si on eût pu deviner qu'elle avait rêvé de lui.

On prépara ce dîner avec autant de sollicitude que celui de Lesable autrefois. Cachelin discutait les plats, voulait que ce fût bien, et comme si une confiance inavouée, encore indécise, eût surgi dans son cœur, il semblait plus gai, tranquillisé par quelque prévision secrète et sûre.

Toute la journée du dimanche, il surveilla les préparatifs avec agitation, tandis que Lesable traitait une affaire urgente apportée la veille du bureau. On était dans la première semaine de novembre et le jour de l'an approchait.

A sept heures, Maze arriva, plein de bonne humeur. Il entra comme chez lui et offrit, avec un compliment, un gros bouquet de roses à Cora. Il ajouta, de ce ton familier des gens habitués au monde : « Il me semble, madame, que je vous connais un peu, et que je vous ai connue toute petite fille, car voici bien des années que votre père me parle de vous. »

Cachelin, en apercevant les fleurs, s'écria :

« Ça, au moins, c'est distingué. » Et sa fille se rappela que Lesable n'en avait point apporté le jour de sa présentation. Le beau commis semblait enchanté, riait en bon enfant, qui vient pour la première fois chez de vieux amis, et lançait à Cora des galanteries discrètes qui lui empourpraient les joues.

Il la trouva fort désirable. Elle le jugea fort séduisant. Quand il fut parti, Cachelin demanda : « Hein ! quel bon zig, et quel sacripant ça doit faire ! Il paraît qu'il enjôle toutes les femmes. »

Cora, moins expansive, avoua cependant qu'elle le trouvait « aimable et pas si poseur qu'elle aurait cru ».

Lesable, qui semblait moins las et moins triste que de coutume, convint qu'il l'avait « méconnu » dans les premiers temps.

Maze revint avec réserve d'abord, puis plus souvent. Il plaisait à tout le monde. On l'attirait, on le soignait. Cora lui faisait les plats qu'il aimait. Et l'intimité des trois hommes fut bientôt si vive qu'ils ne se quittaient plus guère. Le nouvel ami emmenait la famille au théâtre, en des loges obtenues par les journaux.

On retournait à pied, la nuit, le long des rues pleines de monde, jusqu'à la porte du ménage Lesable. Maze et Cora marchaient devant, d'un pas égal, hanche à hanche, balancés d'un même mouvement, d'un même rythme, comme deux êtres créés pour aller côte à côte dans la vie. Ils parlaient à mi-voix, car ils s'entendaient à merveille, en riant d'un rire étouffé ; et parfois la jeune femme se retournait pour jeter derrière elle un coup d'œil sur son père et son mari.

Cachelin les couvrait d'un regard bienveillant, et souvent, sans songer qu'il parlait à son gendre, il déclarait : « Ils ont bonne tournure tout de même, ça fait plaisir de les voir ensemble. » Lesable répondait tranquillement : « Ils sont presque de la même taille », et heureux de sentir que son cœur battait moins fort, qu'il soufflait moins en marchant vite et qu'il était en tout plus gaillard, il laissait s'évanouir peu à peu sa rancune contre son beau-père dont les quolibets méchants avaient d'ailleurs cessé depuis quelque temps.

Au jour de l'an il fut nommé commis principal. Il en éprouva une joie si véhémente, qu'il embrassa sa femme en rentrant, pour la première fois depuis six mois. Elle en parut tout interdite, gênée comme s'il eût fait une chose inconvenante ; et elle regarda Maze qui était venu pour lui présenter, à l'occasion du premier janvier, ses hommages et ses souhaits. Il eut l'air lui-même embarrassé et il se tourna vers la fenêtre, en homme qui ne veut pas voir.

Mais Cachelin bientôt redevint irritable et mauvais, et il recommença à harceler son gendre de plaisanteries. Parfois même il attaquait Maze, comme s'il lui en eût voulu aussi de la catastrophe suspendue sur eux et dont la date inévitable se rapprochait à chaque minute.

Seule, Cora paraissait tout à fait tranquille, tout à fait heureuse, tout à fait radieuse. Elle avait oublié, semblait-il, le terme menaçant et si proche.

On atteignit mars. Tout espoir semblait perdu, car il y aurait trois ans, au 20 juillet, que tante Charlotte était morte.

Un printemps précoce faisait germer la terre ; et Maze proposa à ses amis de faire une promenade au bord de la Seine, un dimanche, pour cueillir des violettes dans les buissons.

Ils partirent par un train matinal et descendirent à Maisons-Laffitte. Un frisson d'hiver courait encore dans les branches nues, mais l'herbe reverdie, luisante, était déjà tachée de fleurs blanches et bleues ; et les arbres fruitiers sur les coteaux semblaient enguirlandés de roses, avec leurs bras maigres couverts de bourgeons épanouis.

La Seine, lourde, coulait triste et boueuse des pluies dernières, entre ses berges rongées par les crues de l'hiver ; et toute la campagne trempée d'eau, semblant sortir d'un bain, exhalait une saveur d'humidité douce sous la tiédeur des premiers jours de soleil.

On s'égara dans le parc. Cachelin, morne, tapait de sa canne des mottes de terre, plus accablé que de coutume, songeant plus amèrement, ce jour-là, à leur infortune bientôt complète. Lesable, morose aussi, craignait de se mouiller les pieds dans l'herbe, tandis que sa femme et Maze cherchaient à faire un bouquet. Cora, depuis quelques jours, semblait souffrante, lasse et pâlie.

Elle fut tout de suite fatiguée et voulut rentrer pour déjeuner. On gagna un petit restaurant contre un vieux moulin croulant ; et le déjeuner traditionnel des Parisiens en sortie fut bientôt servi sous la tonnelle, sur la table de bois vêtue de deux serviettes, et tout près de la rivière.

On avait croqué des goujons frits, mâché le bœuf entouré de pommes de terre, et on passait le saladier plein de feuilles vertes, quand Cora se leva brusquement, et se mit à courir vers la berge, en tenant à deux mains sa serviette sur sa bouche.

Lesable, inquiet, demanda : « Qu'est-ce qu'elle a donc ? » Maze, troublé, rougit, balbutia : « Mais... je ne sais pas... elle allait bien tout à l'heure ! » et Cachelin demeurait effaré, la fourchette en l'air avec une feuille de salade au bout.

Il se leva, cherchant à voir sa fille. En se penchant, il l'aperçut la tête contre un arbre, malade. Un soupçon rapide lui coupa les jarrets et il s'abattit sur sa chaise, jetant des regards effarés sur les deux hommes qui semblaient maintenant aussi confus l'un que l'autre. Il les fouillait de son œil anxieux, n'osant plus parler, fou d'angoisse et d'espérance.

Un quart d'heure s'écoula dans un silence profond. Et Cora reparut, un peu pâle, marchant avec peine. Personne ne l'interrogea d'une façon précise ; chacun paraissait deviner un événement heureux, pénible à dire, brûler de le savoir et craindre de l'apprendre. Seul Cachelin lui demanda : « Ça va mieux ? » Elle répondit : « Oui, merci, ce n'était rien. Mais nous rentrerons de bonne heure, j'ai un peu de migraine. »

Et pour repartir, elle prit le bras de son mari comme pour signifier quelque chose de mystérieux qu'elle n'osait avouer encore.

On se sépara dans la gare Saint-Lazare, Maze, prétextant une affaire dont le souvenir lui revenait, s'en alla après avoir salué et serré les mains.

Dès que Cachelin fut seul avec sa fille et son

gendre il demanda : « Qu'est-ce que tu as eu pendant le déjeuner ? »

Mais Cora ne répondit point d'abord ; puis, après avoir hésité quelque temps : « Ce n'était rien. Un petit mal de cœur. »

Elle marchait d'un pas alangui, avec un sourire sur les lèvres. Lesable, mal à l'aise, l'esprit troublé, hanté d'idées confuses, contradictoires, plein d'appétits de luxe, de colère sourde, de honte inavouable, de lâcheté jalouse, faisait comme ces dormeurs qui ferment les yeux au matin pour ne point voir le rayon de lumière glissant entre les rideaux et qui coupe leur lit d'un trait brillant.

Dès qu'il fut rentré, il parla d'un travail à finir et s'enferma.

Alors Cachelin, posant les deux mains sur les épaules de sa fille : « Tu es enceinte, hein ? »

Elle balbutia : « Oui, je le crois. Depuis deux mois. »

Elle n'avait point fini de parler qu'il bondissait d'allégresse ; puis il se mit à danser autour d'elle un cancan de bal public, vieux ressouvenir de ses jours de garnison. Il levait la jambe, sautait malgré son ventre, secouait l'appartement tout entier. Les meubles se balançaient, les verres se heurtaient dans le buffet, la suspension oscillait et vibrait comme la lampe d'un navire.

Puis il prit dans ses bras sa fille chérie et l'embrassa frénétiquement ; puis, lui jetant d'une façon familière une petite tape sur le ventre : « Ah ! ça y est, enfin ! L'as-tu dit à ton mari ? »

Elle murmura, intimidée tout à coup : « Non... pas encore... je... j'attendais. »

Mais Cachelin s'écria : « Bon, c'est bon. Ça te gêne. Attends, je vais le lui dire, moi ! »

Et il se précipita dans l'appartement de son gendre. En le voyant entrer, Lesable, qui ne faisait rien, se dressa. Mais l'autre ne lui laissa pas le temps de se reconnaître : « Vous savez que votre femme est grosse ? »

L'époux, interdit, perdait contenance, et ses pommettes devinrent rouges.

« Quoi ? Comment ? Cora ? Vous dites ?

— Je dis qu'elle est grosse, entendez-vous ? En voilà une chance ! »

Et dans sa joie, il lui prit les mains, les serra, les secoua, comme pour le féliciter, le remercier ; il répétait : « Ah ! enfin, ça y est. C'est bien ! c'est bien ! Songez donc, la fortune est à nous. » Et, n'y tenant plus, il le serra dans ses bras.

Il criait : « Plus d'un million, songez, plus d'un million ! » Il se remit à danser, puis soudain : « Mais venez donc, elle vous attend : venez l'embrasser, au moins ! » et le prenant à plein corps, il le poussa devant lui et le lança comme une balle dans la salle où Cora était restée, debout, inquiète, écoutant.

Dès qu'elle aperçut son mari, elle recula, étranglée par une brusque émotion. Il restait devant elle, pâle et torturé. Il avait l'air d'un juge et elle d'une coupable.

Enfin il dit : « Il paraît que tu es enceinte ? »

Elle balbutia d'une voix tremblante : « Ça en a l'air. »

Mais Cachelin les saisit tous les deux par le cou et il les colla l'un à l'autre, nez à nez, en criant : « Embrassez-vous donc, nom d'un chien ! Ça en vaut bien la peine. »

Et, quand il les eut lâchés, il déclara, débordant d'une joie folle : « Enfin, c'est partie gagnée ! Dites donc, Léopold, nous allons tout de suite acheter une propriété à la campagne. Là, au moins, vous pourrez remettre votre santé. »

A cette idée, Lesable tressaillit. Son beau-père

reprit : « Nous y inviterons M. Torchebeuf avec sa dame, et comme le sous-chef est au bout de son rouleau, vous pourrez prendre sa succession. C'est un acheminement. »

Lesable voyait les choses, à mesure que parlait Cachelin ; il se voyait lui-même, recevant le chef, dans une jolie propriété blanche, au bord de la rivière. Il avait une veste de coutil, et un panama sur la tête.

Quelque chose de doux lui entrait dans le cœur à cette espérance, quelque chose de tiède et de bon qui semblait se mêler à lui, le rendre léger et déjà mieux portant.

Il sourit, sans répondre encore.

Cachelin, grisé d'espoirs, emporté dans les rêves, continuait : « Qui sait ? Nous pourrons prendre de l'influence dans le pays. Vous serez peut-être député. Dans tous les cas, nous pourrons voir la société de l'endroit, et nous payer des douceurs. Vous aurez un petit cheval et un panier pour aller chaque jour à la gare. »

Des images de luxe, d'élégance et de bien-être s'éveillaient dans l'esprit de Lesable. La pensée qu'il conduirait lui-même une mignonne voiture, comme ces gens riches dont il avait si souvent envié le sort, détermina sa satisfaction. Il ne put s'empêcher de dire : « Ah ! ça, oui, c'est charmant, par exemple. »

Cora, le voyant gagné, souriait aussi, attendrie et reconnaissante ; et Cachelin, qui ne distinguait plus d'obstacles, déclara :

« Nous allons dîner au restaurant. Sacristi ! il faut nous payer une petite noce. »

Ils étaient un peu gris en rentrant tous les trois, et Lesable, qui voyait double et dont toutes les idées dansaient, ne put regagner son cabinet noir. Il se coucha, peut-être par mégarde, peut-être par oubli, dans le lit encore vide où allait entrer sa femme. Et toute la nuit il lui sembla que sa couche oscillait comme un bateau, tanguait, roulait et chavirait. Il eut même un peu le mal de mer.

Il fut bien surpris, en s'éveillant, de trouver Cora dans ses bras.

Elle ouvrit les yeux, sourit, et l'embrassa avec un élan subit, plein de gratitude et d'affection. Puis elle lui dit, de cette voix douce qu'ont les femmes dans leurs câlineries : « Si tu veux être bien gentil, tu n'iras pas aujourd'hui au ministère. Tu n'as plus besoin d'être si exact, puisque nous allons être très riches. Et nous partirions encore à la campagne, tous les deux, tout seuls. »

Il se sentait reposé, plein de ce bien-être las qui suit les courbatures des fêtes, et engourdi dans la chaleur de la couche. Il éprouvait une envie lourde de rester là longtemps, de ne plus rien faire que de vivre tranquille dans la mollesse. Un besoin de paresse inconnu et puissant paralysait son âme, envahissait son corps. Et une pensée vague, continue, heureuse, flottait en lui : Il allait être riche, indépendant.

Mais tout à coup une peur le saisit, et il demanda tout bas, comme s'il eût craint que ses paroles fussent entendues par les murs : « Es-tu bien sûre d'être enceinte, au moins ? »

Elle le rassura tout de suite : « Oh ! oui, va. Je ne me suis pas trompée. »

Et lui, un peu inquiet encore, se mit à la tâter doucement. Il parcourait de la main son ventre enflé. Il déclara : « Oui, c'est vrai — mais tu ne seras pas accouchée avant la date. On contestera peut-être notre droit. »

A cette supposition, une colère la prit. — Ah ! mais non, par exemple, on n'allait pas la chicaner maintenant, après tant de misères, de peines et d'efforts, ah ! mais non ! — Elle s'était assise, bouleversée par l'indignation.

« Allons de suite chez le notaire », dit-elle.

Mais il fut d'avis de se procurer d'abord un certificat de médecin. Ils retournèrent donc chez le docteur Lefilleul.

Il les reconnut aussitôt et demanda : « Eh bien, avez-vous réussi ? »

Ils rougirent tous deux jusqu'aux oreilles, et Cora, perdant un peu contenance, balbutia : « Je crois que oui, monsieur. »

Le médecin se frottait les mains : « Je m'y attendais, je m'y attendais. Le moyen que je vous ai indiqué ne manque jamais, à moins d'incapacité radicale d'un des conjoints. »

Quand il eut examiné la jeune femme il déclara : « Ça y est, bravo ! »

Et il écrivit sur une feuille de papier : « Je soussigné, docteur en médecine de la Faculté de Paris, certifie que Mme Léopold Lesable, née Cachelin, présente tous les symptômes d'une grossesse datant de trois mois environ. »

Puis, se tournant vers Lesable : « Et vous ? Cette poitrine, et ce cœur ? » Il l'ausculta et le trouva tout à fait guéri.

Ils repartirent, heureux et joyeux, bras à bras, d'un pied léger. Mais en route, Léopold eut une idée : « Tu ferais peut-être bien, avant d'aller chez le notaire, de passer une ou deux serviettes dans la ceinture, ça tirera l'œil et ça vaudra mieux. Il ne croira pas que nous voulons gagner du temps. »

Ils rentrèrent donc, et il déshabilla lui-même sa femme pour lui ajuster un flanc trompeur. Dix fois de suite il changea les serviettes de place, et il s'éloignait de quelques pas afin de constater l'effet, cherchant à obtenir une vraisemblance absolue.

Lorsqu'il fut content du résultat, ils repartirent,

et dans la rue il semblait fier de promener ce ventre en bosse qui attestait sa virilité.

Le notaire les reçut avec bienveillance. Puis il écouta leur explication, parcourut de l'œil le certificat, et comme Lesable insistait : « Du reste, monsieur, il suffit de la voir une seconde », il jeta un regard convaincu sur la taille épaisse et pointue de la jeune femme.

Ils attendaient, anxieux ; l'homme de loi déclara : « Parfaitement. Que l'enfant soit né ou à naître, il existe, il vit. Donc, nous surseoirons à l'exécution du testament jusqu'à l'accouchement de madame. »

En sortant de l'étude, ils s'embrassèrent dans l'escalier, tant leur joie était véhémente.

VII

Depuis cette heureuse découverte, les trois parents vivaient dans une union parfaite. Ils étaient d'humeur gaie, égale et douce. Cachelin avait retrouvé toute son ancienne jovialité, et Cora accablait de soins son mari. Lesable aussi semblait un autre homme, toujours content, et bon enfant comme jamais il ne l'avait été.

Maze venait moins souvent et semblait, à présent, mal à l'aise dans la famille ; on le recevait toujours bien, avec plus de froideur cependant, car le bonheur est égoïste et se passe des étrangers.

Cachelin lui-même paraissait éprouver une certaine hostilité secrète contre le beau commis qu'il avait, quelques mois plus tôt, introduit avec empressement dans le ménage. Ce fut lui qui annonça à cet ami la grossesse de Coralie. Il la lui dit brusquement : « Vous savez, ma fille est enceinte ! »

Maze, jouant la surprise, répliqua : « Ah bah ! vous devez être bien heureux. »

Cachelin répondit : « Parbleu ! » et remarqua que son collègue, au contraire, ne paraissait point enchanté. Les hommes n'aiment guère voir en cet état, que ce soit ou non par leur faute, les femmes dont ils sont les fidèles[1].

Tous les dimanches, cependant, Maze continuait

à dîner dans la maison. Mais les soirées devenaient pénibles à passer ensemble, bien qu'aucun désaccord grave n'eût surgi ; et cet étrange embarras grandissait de semaine en semaine. Un soir même, comme il venait de sortir, Cachelin déclara d'un air furieux : « En voilà un qui commence à m'embêter ! »

Et Lesable répondit : « Le fait est qu'il ne gagne pas à être beaucoup connu. » Cora avait baissé les yeux. Elle ne donna pas son avis. Elle semblait toujours gênée en face du grand Maze qui, de son côté, paraissait presque honteux près d'elle, ne la regardait plus en souriant comme jadis, n'offrait plus de soirées au théâtre, et semblait porter, ainsi qu'un fardeau nécessaire, cette intimité naguère si cordiale.

Mais un jeudi, à l'heure du dîner, quand son mari rentra du bureau, Cora lui baisa les favoris avec plus de câlinerie que de coutume, et elle lui murmura dans l'oreille :

« Tu vas peut-être me gronder ?

— Pourquoi ça ?

— C'est que... M. Maze est venu pour me voir tantôt. Et moi, comme je ne veux pas qu'on jase sur mon compte, je l'ai prié de ne jamais se présenter quand tu ne serais pas là. Il a paru un peu froissé ! »

Lesable, surpris, demanda :

« Eh bien, qu'est-ce qu'il a dit ?

— Oh ! il n'a pas dit grand-chose, seulement cela ne m'a pas plu tout de même, et je l'ai prié alors de cesser complètement ses visites. Tu sais bien que c'est papa et toi qui l'aviez amené ici, moi je n'y suis pour rien. Aussi, je craignais de te mécontenter en lui fermant la porte. »

Une joie reconnaissante entrait dans le cœur de son mari :

« Tu as bien fait, très bien fait. Et même je t'en remercie.

Elle reprit, pour bien établir la situation des deux hommes, qu'elle avait réglée d'avance : « Au bureau, tu feras semblant de ne rien savoir, et tu lui parleras comme par le passé : seulement il ne viendra plus ici. »

Et Lesable, prenant avec tendresse sa femme dans ses bras, la bécota longtemps sur les yeux et sur les joues. Il répétait : « Tu es un ange !... tu es un ange ! » Et il sentait contre son ventre la bosse de l'enfant déjà fort.

VIII

Rien de nouveau ne survint jusqu'au terme de la grossesse.

Cora accoucha d'une fille dans les derniers jours de septembre. Elle fut appelée Désirée ; mais, comme on voulait faire un baptême solennel, on décida qu'il n'aurait lieu que l'été suivant, dans la propriété qu'ils allaient acheter.

Ils la choisirent à Asnières, sur le coteau qui domine la Seine.

De grands événements s'étaient accomplis pendant l'hiver. Aussitôt l'héritage acquis, Cachelin avait réclamé sa retraite, qui fut aussitôt liquidée, et il avait quitté le bureau. Il occupait ses loisirs à découper, au moyen d'une fine scie mécanique, des couvercles de boîtes à cigares. Il en faisait des horloges, des coffrets, des jardinières, toutes sortes de petits meubles étranges[1]. Il se passionnait pour cette besogne, dont le goût lui était venu en apercevant un marchand ambulant travailler ainsi ces plaques de bois, sur l'avenue de l'Opéra. Et il fallait que tout le monde admirât chaque jour ses dessins nouveaux, d'une complication savante et puérile.

Lui-même, émerveillé devant son œuvre, répétait

sans cesse : « C'est étonnant ce qu'on arrive à faire ! »

Le sous-chef, M. Rabot, étant mort enfin. Lesable remplissait les fonctions de sa charge, bien qu'il n'en reçût pas le titre, car il n'avait point le temps de grade nécessaire depuis sa dernière nomination.

Cora était devenue tout de suite une femme différente, plus réservée, plus élégante, ayant compris, deviné, flairé toutes les transformations qu'impose la fortune.

Elle fit, à l'occasion du jour de l'an, une visite à l'épouse du chef, grosse personne restée provinciale après trente-cinq ans de séjour à Paris, et elle mit tant de grâce et de séduction à la prier d'être la marraine de son enfant, que Mme Torchebeuf accepta. Le grand-père Cachelin fut parrain.

La cérémonie eut lieu un dimanche éclatant de juin. Tout le bureau était convié, sauf le beau Maze, qu'on ne voyait plus.

A neuf heures, Lesable attendait devant la gare le train de Paris, tandis qu'un groom en livrée à gros boutons dorés tenait par la bride un poney dodu devant un panier tout neuf.

La machine au loin siffla, puis apparut, traînant son chapelet de voitures d'où s'échappa un flot de voyageurs.

M. Torchebeuf sortit d'un wagon de première classe, avec sa femme en toilette éclatante, tandis que, d'un wagon de deuxième, Pitolet et Boissel descendaient[1]. On n'avait point osé inviter le père Savon, mais il était entendu qu'on le rencontrerait par hasard, dans l'après-midi, et qu'on l'amènerait dîner avec l'assentiment du chef.

Lesable s'élança au-devant de son supérieur, qui s'avançait tout petit dans sa redingote fleurie par sa grande décoration pareille à une rose rouge épanouie. Son crâne énorme, surmonté d'un chapeau à larges ailes, écrasait son corps chétif, lui donnait un aspect de phénomène ; et sa femme, en se haussant un rien sur la pointe des pieds, pouvait regarder sans peine par-dessus sa tête.

Léopold, radieux, s'inclinait, remerciait. Il les fit monter dans le panier, puis courant vers ses deux collègues qui s'en venaient modestement derrière, il leur serra les mains en s'excusant de ne les pouvoir porter aussi dans sa voiture trop petite : « Suivez le quai, vous arriverez devant ma porte : *Villa Désirée*, la quatrième après le tournant. Dépêchez-vous. »

Et, montant dans sa voiture, il saisit les guides et partit, tandis que le groom sautait lestement sur le petit siège de derrière.

La cérémonie eut lieu dans les meilleures conditions. Puis on rentra pour déjeuner. Chacun, sous sa serviette, trouva un cadeau proportionné à l'importance de l'invité. La marraine eut un bracelet d'or massif, son mari une épingle de cravate en rubis, Boissel un portefeuille en cuir de Russie, et Pitolet une superbe pipe d'écume. C'était Désirée, disait-on, qui offrait ces présents à ses nouveaux amis.

Mme Torchebeuf, rouge de confusion et de plaisir, mit à son gros bras le cercle brillant, et comme le chef avait une mince cravate noire qui ne pouvait porter d'épingle, il piqua le bijou sur le revers de sa redingote, au-dessous de la Légion d'honneur, comme une autre croix d'ordre inférieur.

Par la fenêtre, on découvrait un grand ruban de rivière, montant vers Suresnes, le long des berges plantées d'arbres. Le soleil tombait en pluie sur l'eau, en faisait un fleuve de feu. Le commencement du repas fut grave, rendu sérieux par la présence de M. et de Mme Torchebeuf. Puis on s'égaya. Cachelin lâchait des plaisanteries de poids, qu'il se sentait permises, étant riche ; et on riait.

De Pitolet ou de Boissel, elles auraient certainement choqué.

Au dessert, il fallut apporter l'enfant, que chaque convive embrassa. Noyé dans une neige de dentelles, il regardait ces gens de ses yeux bleus, troubles et sans pensée, et il tournait un peu sa tête bouffie où semblait s'éveiller un commencement d'attention.

Pitolet, au milieu du bruit des voix, glissa dans l'oreille de son voisin Boissel : « Elle a l'air d'une petite Mazette[1]. »

Le mot courut au ministère, le lendemain.

Cependant, deux heures venaient de sonner ; on avait bu les liqueurs, et Cachelin proposa de visiter la propriété, puis d'aller faire un tour au bord de la Seine.

Les convives, en procession, circulèrent de pièce en pièce, depuis la cave jusqu'au grenier, puis ils parcoururent le jardin, d'arbre en arbre, de plante en plante, puis on se divisa en deux bandes pour la promenade.

Cachelin, un peu gêné près des dames, entraîna Boissel et Pitolet dans les cafés de la rive, tandis que Mmes Torchebeuf et Lesable, avec leurs maris, remonteraient sur l'autre berge, des femmes honnêtes ne pouvant se mêler au monde débraillé du dimanche.

Elles allaient avec lenteur, sur le chemin de halage, suivies des deux hommes qui causaient gravement du bureau.

Sur le fleuve, des yoles passaient, enlevées à longs coups d'aviron par des gaillards aux bras nus dont les muscles roulaient sous la chair brûlée. Les canotières, allongées sur des peaux de bêtes noires ou blanches, gouvernaient la barre, engourdies sous le soleil, tenant ouvertes sur leur tête, comme des fleurs énormes flottant sur l'eau, des ombrelles de soie rouge, jaune ou bleue. Des cris volaient d'une barque à l'autre, des appels et des engueulades ; et un bruit lointain de voix humaines, confus et continu, indiquait, là-bas, la foule grouillante des jours de fête.

Des files de pêcheurs à la ligne restaient immobiles, tout le long de la rivière ; tandis que des nageurs presque nus, debout dans de lourdes embarcations de pêcheurs, piquaient des têtes, remontaient sur leurs bateaux et ressautaient dans le courant[1].

Mme Torchebeuf, surprise, regardait. Cora lui dit : « C'est ainsi tous les dimanches. Cela me gâte ce charmant pays. »

Un canot venait doucement. Deux femmes, ramant, traînaient deux gaillards couchés au fond. Une d'elles cria vers la berge : « Ohé ! ohé ! les femmes honnêtes ! J'ai un homme à vendre, pas cher, voulez-vous ? »

Cora, se détournant avec mépris, passa son bras sous celui de son invitée : « On ne peut même rester ici, allons-nous-en. Comme ces créatures sont infâmes ! »

Et elles repartirent. M. Torchebeuf disait à Lesable : « C'est entendu pour le 1er janvier. Le directeur me l'a formellement promis. »

Et Lesable répondait : « Je ne sais comment vous remercier, mon cher maître. »

En rentrant, ils trouvèrent Cachelin, Pitolet et Boissel riant aux larmes et portant presque le père Savon, trouvé sur la berge, avec une cocotte, affirmaient-ils par plaisanterie.

Le vieux, effaré, répétait : « Ça n'est pas vrai ; non, ça n'est pas vrai. Ça n'est pas bien de dire ça, monsieur Cachelin, ça n'est pas bien. »

Et Cachelin, suffoquant, criait : « Ah ! vieux farceur ! Tu l'appelais : « Ma petite plume d'oie ché-
« rie. » Ah ! nous le tenons, le polisson ! »

Ces dames elles-mêmes se mirent à rire, tant le
bonhomme semblait éperdu.

Cachelin reprit : « Si monsieur Torchebeuf le
permet, nous allons le garder prisonnier pour sa
peine, et il dînera avec nous ? »

Le chef consentit avec bienveillance. Et on continua à rire sur la dame abandonnée par le vieux
qui protestait toujours, désolé de cette mauvaise
farce.

Ce fut là, jusqu'au soir, un sujet à mots d'esprit
inépuisable, qui prêta même à des grivoiseries.

Cora et Mme torchebeuf, assises sous la tente sur
le perron, regardaient les reflets du couchant. Le
soleil jetait dans les feuilles une poussière de pourpre. Aucun souffle ne remuait les branches ; une
paix sereine, infinie, tombait du ciel flamboyant et
calme.

Quelques bateaux passaient encore, plus lents,
rentrant au garage.

Cora demanda : « Il paraît que ce pauvre M. Savon a épousé une gueuse ? »

Mme Torchebeuf, au courant de toutes les choses
du bureau, répondit : « Oui, une orpheline beaucoup trop jeune, qui l'a trompé avec un mauvais
sujet et qui a fini par s'enfuir avec lui. » Puis la
grosse dame ajouta : « Je dis que c'était un mauvais
sujet, je n'en sais rien. On prétend qu'ils s'aimaient
beaucoup. Dans tous les cas, le père Savon n'est
pas séduisant. »

Mme Lesable reprit gravement : « Cela n'excuse
rien. Le pauvre homme est bien à plaindre. Notre
voisin d'à côté, M. Barbou, est dans le même cas.
Sa femme s'est éprise d'une sorte de peintre
qui passait les étés ici et elle est partie avec

lui à l'étranger. Je ne comprends pas qu'une femme tombe jusque-là. A mon avis, il devrait y avoir un châtiment spécial pour de pareilles misérables qui apportent la honte dans une famille. »

Au bout de l'allée, la nourrice apparut, portant Désirée dans ses dentelles. L'enfant venait vers les deux dames, toute rose dans la nuée d'or rouge du soir. Elle regardait le ciel de feu de ce même œil pâle, étonné et vague qu'elle promenait sur les visages.

Tous les hommes, qui causaient plus loin, se rapprochèrent ; et Cachelin, saisissant sa petite-fille, l'éleva au bout de ses bras comme s'il eût voulu la porter dans le firmament. Elle se profilait sur le fond brillant de l'horizon avec sa longue robe blanche qui tombait jusqu'à terre.

Et le grand-père s'écria : « Voilà ce qu'il y a de meilleur au monde, n'est-ce pas, père Savon ? »

Et le vieux ne répondit pas, n'ayant rien à dire, ou, peut-être, pensant trop de choses.

Un domestique ouvrit du perron, en annonçant : « Madame est servie ! »

DENIS[1]

I

A Léon Chapron[2].

M. Marambot ouvrit la lettre que lui remettait Denis, son serviteur, et il sourit.

Denis, depuis vingt ans dans la maison, petit homme trapu et jovial, qu'on citait dans toute la contrée comme le modèle des domestiques, demanda :

« Monsieur est content, monsieur a reçu une bonne nouvelle ? »

M. Marambot n'était pas riche. Ancien pharmacien de village, célibataire, il vivait d'un petit revenu acquis avec peine en vendant des drogues aux paysans. Il répondit :

« Oui, mon garçon. Le père Malois recule devant le procès dont je le menace ; je recevrai demain mon argent. Cinq mille francs ne font pas de mal dans la caisse d'un vieux garçon. »

Et M. Marambot se frottait les mains. C'était un homme d'un caractère résigné, plutôt triste que gai, incapable d'un effort prolongé, nonchalant dans ses affaires.

Il aurait pu certainement gagner une aisance plus considérable en profitant du décès de confrères établis en des centres importants, pour aller occuper leur place et prendre leur clientèle. Mais l'ennui de déménager, et la pensée de toutes les démarches qu'il lui faudrait accomplir, l'avaient sans cesse retenu ; et il se contentait de dire après deux jours de réflexion :

« Baste ! ce sera pour la prochaine fois. Je ne perds rien à attendre. Je trouverai mieux peut-être. »

Denis, au contraire, poussait son maître aux entreprises. D'un caractère actif, il répétait sans cesse :

« Oh ! moi, si j'avais eu le premier capital, j'aurais fait fortune. Seulement mille francs, et je tenais mon affaire. »

M. Marambot souriait sans répondre et sortait dans son petit jardin, où il se promenait, les mains derrière le dos, en rêvassant.

Denis, tout le jour, chanta, comme un homme en joie, des refrains et des rondes du pays. Il montra même une activité inusitée, car il nettoya les carreaux de toute la maison, essuyant le verre avec ardeur, en entonnant à plein gosier ses couplets.

M. Marambot, étonné de son zèle, lui dit à plusieurs reprises, en souriant :

« Si tu travailles comme ça, mon garçon, tu ne garderas rien à faire pour demain. »

Le lendemain, vers neuf heures du matin, le facteur remit à Denis quatre lettres pour son maître, dont une très lourde. M. Marambot s'enferma aussitôt dans sa chambre jusqu'au milieu de l'après-midi. Il confia alors à son domestique quatre enveloppes pour la poste. Une d'elles était adressée à M. Malois, c'était sans doute un reçu de l'argent.

Denis ne posa point de questions à son maître ; il parut aussi triste et sombre ce jour-là, qu'il avait été joyeux la veille.

La nuit vint. M. Marambot se coucha à son heure ordinaire et s'endormit.

Il fut réveillé par un bruit singulier. Il s'assit aussitôt dans son lit et écouta. Mais brusquement sa porte s'ouvrit, et Denis parut sur le seuil, tenant une bougie d'une main, un couteau de cuisine de l'autre, avec de gros yeux fixes, la lèvre et les joues contractées comme celles des gens qu'agite une horrible émotion, et si pâle qu'il semblait un revenant.

M. Marambot, interdit, le crut devenu somnambule, et il allait se lever pour courir au-devant de lui, quand le domestique souffla la bougie en se ruant vers le lit. Son maître tendit les mains en avant pour recevoir le choc qui le renversa sur le dos ; et il cherchait à saisir les mains de son domestique qu'il pensait maintenant atteint de folie, afin de parer les coups précipités qu'il lui portait.

Il fut atteint une première fois à l'épaule par le couteau, une seconde fois au front, une troisième fois à la poitrine. Il se débattait éperdument, agitant ses mains dans l'obscurité, lançant aussi des coups de pied et criant :

« Denis ! Denis ! es-tu fou, voyons, Denis ! »

Mais l'autre, haletant, s'acharnait, frappait toujours, repoussé tantôt d'un coup de pied, tantôt d'un coup de poing, et revenant furieusement. M. Marambot fut encore blessé deux fois à la jambe et une fois au ventre. Mais soudain une pensée rapide lui traversa l'esprit et il se mit à crier :

« Finis donc, finis donc, Denis, je n'ai pas reçu mon argent. »

L'homme aussitôt s'arrêta ; et son maître entendait, dans l'obscurité, sa respiration sifflante.

M. Marambot reprit aussitôt :

« Je n'ai rien reçu. M. Malois se dédit, le procès va avoir lieu ; c'est pour ça que tu as porté les lettres à la poste. Lis plutôt celles qui sont sur mon secrétaire. »

Et, d'un dernier effort, il saisit les allumettes sur sa table de nuit et alluma sa bougie.

Il était couvert de sang. Des jets brûlants avaient éclaboussé le mur. Les draps, les rideaux, tout était rouge. Denis, sanglant aussi des pieds à la tête, se tenait debout au milieu de la chambre.

Quand il vit cela, M. Marambot se crut mort, et il perdit connaissance.

Il se ranima au point du jour. Il fut quelque temps avant de reprendre ses sens, de comprendre, de se rappeler. Mais soudain le souvenir de l'attentat et de ses blessures lui revint, et une peur si véhémente l'envahit, qu'il ferma les yeux pour ne rien voir. Au bout de quelques minutes son épouvante se calma et il réfléchit. Il n'était pas mort sur le coup, il pouvait donc en revenir. Il se sentait faible, très faible, mais sans souffrance vive, bien qu'il éprouvât en divers points du corps une gêne sensible, comme des pinçures. Il se sentait aussi glacé, et tout mouillé, et serré, comme roulé, dans des bandelettes. Il pensa que cette humidité venait du sang répandu ; et des frissons d'angoisse le secouaient à la pensée affreuse de ce liquide rouge sorti de ses veines et dont son lit était couvert. L'idée de revoir ce spectacle épouvantable le bouleversait et il tenait ses yeux fermés avec force comme s'ils allaient s'ouvrir malgré lui.

Qu'était devenu Denis ? Il s'était sauvé, probablement.

Qu'allait-il faire, maintenant, lui, Marambot ? Se

lever ? appeler au secours ? Or, s'il faisait un seul mouvement, ses blessures se rouvriraient sans aucun doute ; et il tomberait mort au bout de son sang.

Tout à coup, il entendit pousser la porte de sa chambre. Son cœur cessa presque de battre. C'était Denis qui venait l'achever, certainement. Il retint sa respiration pour que l'assassin crût tout bien fini, l'ouvrage terminé.

Il sentit qu'on relevait son drap, puis qu'on lui palpait le ventre. Une douleur vive, près de la hanche, le fit tressaillir. On le lavait maintenant avec de l'eau fraîche, tout doucement. Donc, on avait découvert le forfait et on le soignait, on le sauvait. Une joie éperdue le saisit ; mais, par un geste de prudence, il ne voulut pas montrer qu'il avait repris connaissance, et il entrouvit un œil, un seul, avec les plus grandes précautions.

Il reconnut Denis debout près de lui, Denis en personne ! Miséricorde ! Il referma son œil avec précipitation.

Denis ! Que faisait-il alors ? Que voulait-il ? Quel projet affreux nourrissait-il encore ?

Ce qu'il faisait ? Mais il le lavait pour effacer les traces ! Et il allait l'enfouir maintenant dans le jardin, à dix pieds sous terre, pour qu'on ne le découvrît pas ? Ou peut-être dans la cave, sous les bouteilles de vin fin ?

Et M. Marambot se mit à trembler si fort que tous ses membres palpitaient.

Il se disait : « Je suis perdu, perdu ! » Et il serrait désespérément les paupières pour ne pas voir arriver le dernier coup de couteau. Il ne le reçut pas. Denis, maintenant, le soulevait et le ligaturait dans un linge. Puis il se mit à panser la plaie de la jambe avec soin, comme il avait appris à le faire quand son maître était pharmacien.

Aucune hésitation n'était plus possible pour un homme du métier : son domestique, après avoir voulu le tuer, essayait de le sauver.

Alors M. Marambot, d'une voix mourante, lui donna ce conseil pratique :

« Opère les lavages et les pansements avec de l'eau coupée de coaltar saponiné[1] ! »

Denis répondit :

« C'est ce que je fais, monsieur. »

M. Marambot ouvrit les deux yeux.

Il n'y avait plus de trace de sang ni sur le lit, ni dans la chambre, ni sur l'assassin. Le blessé était étendu en des draps bien blancs.

Les deux hommes se regardèrent.

Enfin, M. Marambot prononça avec douceur :

« Tu as commis un grand crime. »

Denis répondit :

« Je suis en train de le réparer, monsieur. Si vous ne me dénoncez pas, je vous servirai fidèlement comme par le passé. »

Ce n'était pas le moment de mécontenter son domestique. M. Marambot articula en refermant les yeux :

« Je te jure de ne pas te dénoncer. »

II

DENIS sauva son maître. Il passa les nuits et les jours sans sommeil, ne quitta point la chambre du malade, lui prépara les drogues, les tisanes, les potions, lui tâtant le pouls, comptant anxieusement les pulsations, le maniant avec une habileté de garde-malade et un dévouement de fils.

A tout moment il demandait :

« Eh bien, monsieur, comment vous trouvez-vous ? »

M. Marambot répondait d'une voix faible :

« Un peu mieux, mon garçon, je te remercie. »

Et quand le blessé s'éveillait, la nuit, il voyait souvent son gardien qui pleurait dans son fauteuil et s'essuyait les yeux en silence.

Jamais l'ancien pharmacien n'avait été si bien soigné, si dorloté, si câliné. Il s'était dit tout d'abord :

« Dès que je serai guéri, je me débarrasserai de ce garnement. »

Il entrait maintenant en convalescence et remettait de jour en jour le moment de se séparer de son meurtrier. Il songeait que personne n'aurait pour lui autant d'égards et d'attentions, qu'il tenait ce garçon par la peur ; et il le prévint qu'il avait déposé chez un notaire un testament le dénonçant à la justice s'il arrivait quelque accident nouveau.

Cette précaution lui paraissait le garantir dans l'avenir de tout nouvel attentat ; et il se demandait alors s'il ne serait même pas plus prudent de conserver près de lui cet homme, pour le surveiller attentivement.

Comme autrefois, quand il hésitait à acquérir quelque pharmacie plus importante, il ne se pouvait décider à prendre une résolution.

« Il sera toujours temps », se disait-il.

Denis continuait à se montrer un incomparable serviteur. M. Marambot était guéri. Il le garda.

Or, un matin, comme il achevait de déjeuner, il entendit tout à coup un grand bruit dans la cuisine. Il y courut. Denis se débattait, saisi par deux gendarmes. Le brigadier prenait gravement des notes sur son carnet.

Dès qu'il aperçut son maître, le domestique se mit à sangloter, criant :

« Vous m'avez dénoncé, monsieur, ce n'est pas bien, après ce que vous m'aviez promis. Vous manquez à votre parole d'honneur, monsieur Marambot ; ce n'est pas bien, ce n'est pas bien !... »

M. Marambot, stupéfait et désolé d'être soupçonné, leva la main :

« Je te jure devant Dieu, mon garçon, que je ne t'ai pas dénoncé. J'ignore absolument comment messieurs les gendarmes ont pu connaître la tentative d'assassinat sur moi. »

Le brigadier eut un sursaut :

« Vous dites qu'il a voulu vous tuer, monsieur Marambot ? »

Le pharmacien, éperdu, répondit :

« Mais oui... Mais je ne l'ai pas dénoncé... Je n'ai rien dit... Je jure que je n'ai rien dit... Il me servait très bien depuis ce moment-là... »

Le brigadier articula sévèrement :

« Je prends note de votre déposition. La justice appréciera ce nouveau motif dont elle ignorait, monsieur Marambot. Je suis chargé d'arrêter votre domestique pour vol de deux canards enlevés subrepticement par lui chez M. Duhamel, pour lesquels il y a des témoins du délit. Je vous demande pardon, monsieur Marambot. Je rendrai compte de votre déclaration. »

Et, se tournant vers ses hommes, il commanda :

« Allons, en route ! »

Les deux gendarmes entraînèrent Denis.

III

L'AVOCAT venait de plaider la folie, appuyant les deux délits l'un sur l'autre pour fortifier son argumentation. Il avait clairement prouvé que le vol des deux canards provenait du même état mental que les huit coups de couteau dans la personne de Marambot. Il avait finement analysé toutes les phases de cet état passager d'aliénation mentale, qui céderait, sans aucun doute, à un traitement de quelques mois dans une excellente maison de santé. Il avait parlé en termes enthousiastes du dévouement continu de cet honnête serviteur, des soins incomparables dont il avait entouré son maître blessé par lui dans une seconde d'égarement.

Touché jusqu'au cœur par ce souvenir, M. Marambot se sentit les yeux humides.

L'avocat s'en aperçut, ouvrit les bras d'un geste large, déployant ses longues manches noires comme des ailes de chauve-souris. Et, d'un ton vibrant, il cria :

« Regardez, regardez, regardez, messieurs les jurés, regardez ces larmes. Qu'ai-je à dire maintenant pour mon client ? Quel discours, quel argument, quel raisonnement vaudraient ces larmes de son maître ! Elles parlent plus haut que moi, plus haut que la loi ; elles crient : « Pardon pour l'in-« sensé d'une heure ! » Elles implorent, elles absol-vent, elles bénissent ! »

Il se tut, et s'assit.

Le président alors, se tournant vers Marambot dont la déposition avait été excellente pour son domestique, lui demanda :

« Mais enfin, monsieur, en admettant même que vous ayez considéré cet homme comme dément, cela n'explique pas que vous l'ayez gardé. Il n'en était pas moins dangereux. »

Marambot répondit en s'essuyant les yeux :

« Que voulez-vous, monsieur le président, on a tant de mal à trouver des domestiques par le temps qui court... je n'aurais pas rencontré mieux. »

Denis fut acquitté et mis, aux frais de son maître, dans un asile d'aliénés.

L'ANE[1]

A Louis Le Poittevin[2].

Aucun souffle d'air ne passait dans la brume épaisse endormie sur le fleuve. C'était comme un nuage de coton terne posé sur l'eau. Les berges elles-mêmes restaient indistinctes, disparues sous de bizarres vapeurs festonnées comme des montagnes. Mais le jour étant près d'éclore, le coteau commençait à devenir visible. A son pied, dans les lueurs naissantes de l'aurore, apparaissaient peu à peu les grandes taches blanches des maisons cuirassées de plâtre. Des coqs chantaient dans les poulaillers.

Là-bas, de l'autre côté de la rivière, ensevelie sous le brouillard, juste en face de la Frette[3], un bruit léger troublait par moments le grand silence du ciel sans brise. C'était tantôt un vague clapotis, comme la marche prudente d'une barque, tantôt un coup sec, comme un choc d'aviron sur un bordage, tantôt comme la chute d'un objet mou dans l'eau. Puis, plus rien.

Et parfois des paroles basses, venues on ne sait d'où, peut-être de très loin, peut-être de très près, errantes dans ces brumes opaques, nées sur la terre ou sur le fleuve, glissaient, timides aussi, passaient

143

comme ces oiseaux sauvages qui ont dormi dans les joncs et qui partent aux premières pâleurs du ciel, pour fuir encore, pour fuir toujours, et qu'on aperçoit une seconde traversant la brume à tire-d'aile en poussant un cri doux et craintif qui réveille leurs frères le long des berges.

Soudain, près de la rive, contre le village, une ombre apparut sur l'eau, à peine indiquée d'abord ; puis elle grandit, s'accentua, et, sortant du rideau nébuleux jeté sur la rivière, un bateau plat, monté par deux hommes, vint s'échouer contre l'herbe.

Celui qui ramait se leva et prit au fond de l'embarcation un seau plein de poissons ; puis il jeta sur son épaule l'épervier encore ruisselant. Son compagnon, qui n'avait pas remué, prononça :

« Apporte ton fusil, nous allons dégoter quéque lapin dans les berges, hein, Mailloche ? »

L'autre répondit :

« Ça me va. Attends-moi, je te rejoins. »

Et il s'éloigna pour mettre à l'abri leur pêche.

L'homme resté dans la barque bourra lentement sa pipe et l'alluma.

Il s'appelait Labouise dit Chicot, et était associé avec son compère Maillochon, vulgairement appelé Mailloche, pour exercer la profession louche et vague de ravageurs[1].

Mariniers de bas étage, ils ne naviguaient régulièrement que dans les mois de famine. Le reste du temps ils ravageaient. Rôdant jour et nuit sur le fleuve, guettant toute proie morte ou vivante, braconniers d'eau, chasseurs nocturnes, sortes d'écumeurs d'égouts, tantôt à l'affût des chevreuils de la forêt de Saint-Germain, tantôt à la recherche des noyés filant entre deux eaux et dont ils soulageaient les poches, ramasseurs de loques flottantes, de bouteilles vides qui vont au courant la gueule en l'air avec un balancement d'ivrognes, de morceaux de bois partis à la dérive, Labouise et Maillochon se la coulaient douce.

Par moments, ils partaient à pied, vers midi, et s'en allaient en flânant devant eux. Ils dînaient dans quelque auberge de la rive et repartaient encore côte à côte. Ils demeuraient absents un jour ou deux ; puis un matin on les revoyait rôdant dans l'ordure qui leur servait de bateau.

Là-bas, à Joinville, à Nogent, des canotiers désolés cherchaient leur embarcation disparue une nuit, détachée et partie, volée sans doute : tandis qu'à vingt ou trente lieues de là, sur l'Oise, un bourgeois propriétaire se frottait les mains en admirant le canot acheté d'occasion, la veille, pour cinquante francs, à deux hommes qui le lui avaient vendu, comme ça, en passant, le lui ayant offert spontanément sur la mine.

Maillochon reparut avec son fusil enveloppé dans une loque. C'était un homme de quarante ou cinquante ans, grand, maigre, avec cet œil vif qu'ont les gens tracassés par des inquiétudes légitimes, et les bêtes souvent traquées. Sa chemise ouverte laissait voir sa poitrine velue d'une toison grise. Mais il semblait n'avoir jamais eu d'autre barbe qu'une brosse de courtes moustaches et une pincée de poils raides sous la lèvre inférieure. Il était chauve des tempes.

Quand il enlevait la galette de crasse qui lui servait de casquette, la peau de sa tête semblait couverte d'un duvet vaporeux, d'une ombre de cheveux, comme le corps d'un poulet plumé qu'on va flamber.

Chicot, au contraire, rouge et bourgeonneux, gros, court et poilu, avait l'air d'un bifteck cru caché dans un bonnet de sapeur. Il tenait sans cesse fermé l'œil gauche comme s'il visait quelque chose ou quelqu'un, et quand on le plaisantait sur ce tic, en lui criant : « Ouvre l'œil, Labouise », il répondait d'un ton tranquille : « Aie pas peur, ma sœur, je l'ouvre à l'occase. » Il avait d'ailleurs cette habitude d'appeler tout le monde « ma sœur », même son compagnon ravageur.

Il reprit à son tour les avirons ; et la barque de nouveau s'enfonça dans la brume immobile sur le fleuve, mais qui devenait blanche comme du lait dans le ciel éclairé de lueurs roses.

Labouise demanda :

« Qué plomb qu't'as pris, Maillochon ? »

Maillochon répondit :

« Du tout p'tit, du neuf, c'est c'qui faut pour le lapin. »

Ils approchaient de l'autre berge si lentement, si doucement, qu'aucun bruit ne les révélait. Cette berge appartient à la forêt de Saint-Germain et limite les tirés aux lapins. Elle est couverte de terriers cachés sous les racines d'arbres ; et les bêtes, à l'aurore, gambadent là-dedans, vont, viennent, entrent et sortent.

Maillochon, à genoux à l'avant, guettait, le fusil caché sur le plancher de la barque. Soudain il le saisit, visa, et la détonation roula longtemps par la calme campagne.

Labouise, en deux coups de rame, toucha la berge, et son compagnon, sautant à terre, ramassa un petit lapin gris, tout palpitant encore.

Puis le bateau s'enfonça de nouveau dans le brouillard pour regagner l'autre rive et se mettre à l'abri des gardes.

Les deux hommes semblaient maintenant se promener doucement sur l'eau. L'arme avait disparu sous la planche qui servait de cachette, et le lapin dans la chemise bouffante de Chicot.

Au bout d'un quart d'heure, Labouise demanda :

« Allons, ma sœur, encore un. »

Maillochon répondit :

« Ça me va, en route. »

Et la barque repartit, descendant vivement le courant. Les brumes qui couvraient le fleuve commençaient à se lever. On apercevait, comme à travers un voile, les arbres des rives ; et le brouillard déchiré s'en allait au fil de l'eau, par petits nuages.

Quand ils approchèrent de l'île dont la pointe est devant Herblay, les deux hommes ralentirent leur marche et recommencèrent à guetter. Puis bientôt un second lapin fut tué.

Ils continuèrent ensuite à descendre jusqu'à mi-route de Conflans ; puis ils s'arrêtèrent, amarrèrent leur bateau contre un arbre, et, se couchant au fond, s'endormirent.

De temps en temps, Labouise se soulevait et, de son œil ouvert, parcourait l'horizon. Les dernières vapeurs du matin s'étaient évaporées et le grand soleil d'été montait, rayonnant, dans le ciel bleu.

Là-bas, de l'autre côté de la rivière, le coteau planté de vignes s'arrondissait en demi-cercle. Une seule maison se dressait au faîte, dans un bouquet d'arbres. Tout était silencieux.

Mais sur le chemin de halage quelque chose remuait doucement, avançant à peine. C'était une femme traînant un âne. La bête, ankylosée, raide et rétive, allongeait une jambe de temps en temps, cédant aux efforts de sa compagne quand elle ne pouvait plus s'y refuser ; et elle allait ainsi le cou tendu, les oreilles couchées, si lentement qu'on ne pouvait prévoir quand elle serait hors de vue.

La femme tirait, courbée en deux, et se retournait parfois pour frapper l'âne avec une branche.

Labouise, l'ayant aperçue, prononça :

« Ohé ! Mailloche ? »

Mailloche répondit :

« Qué qu'y a ?

— Veux-tu rigoler ?

— Tout de même.

— Allons, secoue-toi, ma sœur, j'allons rire. »

Et Chicot prit les avirons.

Quand il eut traversé le fleuve et qu'il fut en face du groupe, il cria :

« Ohé, ma sœur ! »

La femme cessa de traîner sa bourrique et regarda. Labouise reprit :

« Vas-tu à la foire aux locomotives ? »

La femme ne répondit rien. Chicot continua :

« Ohé ! dis, il a été primé à la course, ton bourri. Oùsque tu l'conduis, de c'te vitesse ? »

La femme, enfin, répondit :

« Je vais chez Macquart, aux Champioux, pour l'faire abattre. Il ne vaut pus rien. »

Labouise répondit :

« J'te crois. Et combien qu'y t'en donnera, Macquart ? »

La femme, qui s'essuyait le front du revers de la main, hésita :

« J'sais ti ? P't-être trois francs, p't-être quatre ? »

Chicot s'écria :

« J't'en donne cent sous, et v'là ta course faite, c'est pas peu. »

La femme, après une courte réflexion, prononça :

« C'est dit. »

Et les ravageurs abordèrent.

Labouise saisit la bride de l'animal, Maillochon, surpris, demanda :

« Qué que tu veux faire de c'te peau ? »

Chicot, cette fois, ouvrit son autre œil pour exprimer sa gaieté. Toute sa figure rouge grimaçait de joie ; il gloussa :

« Aie pas peur, ma sœur, j'ai mon truc. »

Il donna cent sous à la femme, qui s'assit sur le fossé pour voir ce qui allait arriver.

Alors Labouise, en belle humeur, alla chercher le fusil, et le tendant à Maillochon :

« Chacun son coup, ma vieille ; nous allons chasser le gros gibier, ma sœur, pas si près que ça, nom d'un nom, tu vas l'tuer du premier. Faut faire durer l'plaisir un peu. »

Et il plaça son compagnon à quarante pas de la victime. L'âne, se sentant libre, essayait de brouter l'herbe haute de la berge, mais il était tellement exténué qu'il vacillait sur ses jambes comme s'il allait tomber.

Maillochon l'ajusta lentement et dit :

« Un coup de sel aux oreilles, attention, Chicot. »

Et il tira.

Le plomb menu cribla les longues oreilles de l'âne, qui se mit à les secouer vivement, les agitant tantôt l'une après l'autre, tantôt ensemble, pour se débarrasser de ce picotement.

Les deux hommes riaient à se tordre, courbés, tapant du pied. Mais la femme indignée s'élança, ne voulant pas qu'on martyrisât son bourri, offrant de rendre les cent sous, furieuse et geignante.

Labouise la menaça d'une tripotée et fit mine de relever ses manches. Il avait payé, n'est-ce pas ? Alors zut. Il allait lui en tirer un dans les jupes, pour lui montrer qu'on ne sentait rien.

Et elle s'en alla en les menaçant des gendarmes. Longtemps ils l'entendirent qui criait des injures plus violentes à mesure qu'elle s'éloignait.

Maillochon tendit le fusil à son camarade.

« A toi, Chicot. »

Labouise ajusta et fit feu. L'âne reçut la charge dans les cuisses, mais le plomb était si petit et tiré de si loin qu'il se crut sans doute piqué des taons. Car il se mit à s'émoucher de sa queue avec force, se battant les jambes et le dos.

Labouise s'assit pour rire à son aise, tandis que Maillochon rechargeait l'arme, si joyeux qu'il semblait éternuer dans le canon.

Il s'approcha de quelques pas et, visant le même endroit que son camarade, il tira de nouveau. La bête, cette fois, fit un soubresaut, essaya de ruer, tourna la tête. Un peu de sang coulait enfin. Elle avait été touchée profondément, et une souffrance aiguë se déclara, car elle se mit à fuir sur la berge, d'un galop lent, boiteux et saccadé.

Les deux hommes s'élancèrent à sa poursuite, Maillochon à grandes enjambées, Labouise à pas pressés, courant d'un trot essoufflé de petit homme.

Mais l'âne, à bout de forces, s'était arrêté, et il regardait, d'un œil éperdu, venir ses meurtriers. Puis, tout à coup, il tendit la tête et se mit à braire.

Labouise, haletant, avait pris le fusil. Cette fois, il s'approcha tout près, n'ayant pas envie de recommencer la course.

Quand le baudet eut fini de pousser sa plainte lamentable, comme un appel au secours, un dernier cri d'impuissance, l'homme, qui avait son idée, cria : « Mailloche, ohé ! ma sœur, amène-toi, je vas lui faire prendre médecine. » Et, tandis que l'autre ouvrait de force la bouche serrée de l'animal, Chicot lui introduisait au fond du gosier le canon de fusil, comme s'il eût voulu lui faire boire un médicament ; puis il dit :

« Ohé, ma sœur, attention, je verse la purge. »
Et il appuya sur la gâchette. L'âne recula de trois

pas, tomba sur le derrière, tenta de se relever et s'abattit à la fin sur le flanc en fermant les yeux. Tout son vieux corps pelé palpitait ; ses jambes s'agitaient comme s'il eût voulu courir. Un flot de sang lui coulait entre les dents. Bientôt il ne remua plus. Il était mort.

Les deux hommes ne riaient pas, ça avait été fini trop vite, ils étaient volés.

Maillochon demanda :

« Eh bien, qué que j'en faisons à c't'heure ? »

Labouise répondit :

« Aie pas peur, ma sœur, embarquons-le ; j'allons rigoler à la nuit tombée. »

Et ils allèrent chercher la barque. Le cadavre de l'animal fut couché dans le fond, couvert d'herbes fraîches, et les deux rôdeurs, s'étendant dessus, se rendormirent.

Vers midi, Labouise tira des coffres secrets de leur bateau vermoulu et boueux un litre de vin, un pain, du beurre et des oignons crus, et ils se mirent à manger.

Quand leur repas fut terminé, ils se couchèrent de nouveau sur l'âne mort et recommencèrent à dormir. A la nuit tombante, Labouise se réveilla et, secouant son camarade, qui ronflait comme un orgue, il commanda :

« Allons, ma sœur, en route. »

Et Maillochon se mit à ramer. Ils remontaient la Seine tout doucement, ayant du temps devant eux. Ils longeaient les berges couvertes de lis d'eau fleuris, parfumées par les aubépines penchant sur le courant leurs touffes blanches ; et la lourde barque, couleur de vase, glissait sur les grandes feuilles plates des nénuphars, dont elle courbait les fleurs pâles, rondes et fendues comme des grelots, qui se redressaient ensuite.

Lorsqu'ils furent au mur de l'Éperon, qui sépare

151

la forêt de Saint-Germain du parc de Maisons-Laffitte, Labouise arrêta son camarade et lui exposa son projet, qui agita Maillochon d'un rire silencieux et prolongé.

Ils jetèrent à l'eau les herbes étendues sur le cadavre, prirent la bête par les pieds, la débarquèrent et s'en furent la cacher dans un fourré.

Puis ils remontèrent dans leur barque et gagnèrent Maisons-Laffitte.

La nuit était tout à fait noire quand ils entrèrent chez le père Jules, traiteur et marchand de vins. Dès qu'il les aperçut, le commerçant s'approcha, leur serra les mains et prit place à leur table, puis on causa de choses et d'autres.

Vers onze heures, le dernier consommateur étant parti, le père Jules, clignant de l'œil, dit à Labouise :

« Hein, y en a-t-il ? »

Labouise fit un mouvement de tête et se prononça :

« Y en a et y en a pas, c'est possible. »

Le restaurateur insistait :

« Des gris, rien que des gris, peut-être ? »

Alors Chicot, plongeant la main dans sa chemise de laine, tira les oreilles d'un lapin et déclara :

« Ça vaut trois francs la paire. »

Alors, une longue discussion commença sur le prix. On convint de deux francs soixante-cinq. Et les deux lapins furent livrés.

Comme les maraudeurs se levaient, le père Jules, qui les guettait, prononça :

« Vous avez autre chose, mais vous ne voulez pas le dire. »

Labouise riposta :

« C'est possible, mais pas pour toi, t'es trop chien. »

L'homme, allumé, le pressait.

« Hein, du gros, allons, dis quoi, on pourra s'entendre. »

Labouise, qui semblait perplexe, fit mine de consulter Maillochon de l'œil, puis il répondit d'une voix lente :

« V'là l'affaire. J'étions embusqué à l'Éperon quand quéque chose nous passe dans le premier buisson à gauche, au bout du mur.

« Mailloche y lâche un coup, ça tombe. Et je filons, vu les gardes. Je peux pas te dire ce que c'est, vu que je l'ignore. Pour gros, c'est gros. Mais quoi ? si je te le disais, je te tromperais, et tu sais, ma sœur, entre nous, cœur sur la main. »

L'homme, palpitant, demanda :

« C'est-i pas un chevreuil ? »

Labouise reprit :

« Ça s'peut bien, ça ou autre chose ? Un chevreuil ?... oui... C'est p't-être pus gros ? Comme qui dirait une biche. Oh ! j' te dis pas qu' c'est une biche, vu que j' l'ignore, mais ça s' peut ! »

Le gargotier insistait :

« P't-être un cerf ? »

Labouise étendit la main :

« Ça non ! Pour un cerf, c'est pas un cerf, j' te trompe pas, c'est pas un cerf. J' l'aurais vu, attendu les bois. Non, pour un cerf, c'est pas un cerf.

— Pourquoi que vous l'avez pas pris ? demanda l'homme.

— Pourquoi, ma sœur, parce que je vendons sur place, désormais. J'ai preneur. Tu comprends, on va flâner par là, on trouve la chose, on s'en empare. Pas de risques pour Bibi. Voilà. »

Le fricotier, soupçonneux, prononça :

« S'il n'y était pu, maintenant. »

Mais Labouise leva de nouveau la main :

« Pour y être, il y est, je te l' promets, je te l'jure. Dans le premier buisson à gauche. Pour ce que c'est, je l'ignore. J' sais que c'est pas un cerf, ça, non, j'en suis sûr. Pour le reste, à toi d'y aller voir. C'est vingt francs sur place, ça te va-t-il ? »

L'homme hésitait encore :

« Tu ne pourrais pas me l'apporter ? »

Maillochon prit la parole :

« Alors pus de jeu. Si c'est un chevreuil, cinquante francs ; si c'est une biche, soixante-dix : voilà nos prix. »

La gargotier se décida :

« Ça va pour vingt francs. C'est dit. » Et on se tapa dans la main.

Puis il sortit de son comptoir quatre grosses pièces de cent sous que les deux amis empochèrent.

Labouise se leva, vida son verre et sortit ; au moment d'entrer dans l'ombre, il se retourna pour spécifier :

« C'est pas un cerf, pour sûr. Mais, quoi ?... Pour y être, il y est. Je te rendrai l'argent si tu ne trouves rien. »

Et il s'enfonça dans la nuit.

Maillochon, qui le suivait, lui tapait dans le dos de grands coups de poing pour témoigner son allégresse.

IDYLLE[1]

A Maurice Leloir[2].

LE train venait de quitter Gênes, allant vers Marseille et suivant les longues ondulations de la côte rocheuse, glissant comme un serpent de fer entre la mer et la montagne, rampant sur les plages de sable jaune que les petites vagues bordaient d'un filet d'argent, et entrant brusquement dans la gueule noire des tunnels ainsi qu'une bête en son trou.

Dans le dernier wagon du train, une grosse femme et un jeune homme demeuraient face à face, sans parler, et se regardant par moments. Elle avait peut-être vingt-cinq ans ; et, assise près de la portière, elle contemplait le paysage. C'était une forte paysanne piémontaise, aux yeux noirs, à la poitrine volumineuse, aux joues charnues. Elle avait poussé plusieurs paquets sous la banquette de bois, gardant sur ses genoux un panier.

Lui, il avait environ vingt ans ; il était maigre, hâlé, avec ce teint noir des hommes qui travaillent la terre au grand soleil. Près de lui, dans un mouchoir, toute sa fortune : une paire de souliers, une chemise, une culotte et une veste. Sous le banc il avait aussi caché quelque chose : une pelle et une pioche attachées ensemble au moyen d'une corde. Il allait chercher du travail en France[1].

Le soleil, montant au ciel, versait sur la côte une pluie de feu ; c'était vers la fin de mai, et des odeurs délicieuses voltigeaient, pénétraient dans les wagons dont les vitres demeuraient baissées. Les orangers et les citronniers en fleur, exhalant dans le ciel tranquille leurs parfums sucrés, si doux, si forts, si troublants, les mêlaient au souffle des roses poussées partout comme des herbes, le long de la voie, dans les riches jardins, devant les portes des masures et dans la campagne aussi.

Elles sont chez elles, sur cette côte, les roses ! Elles emplissent le pays de leur arôme puissant et léger, elles font de l'air une friandise, quelque chose de plus savoureux que le vin et d'enivrant comme lui.

Le train allait lentement, comme pour s'attarder dans ce jardin, dans cette mollesse. Il s'arrêtait à tout moment, aux petites gares, devant quelques maisons blanches, puis repartait de son allure calme, après avoir longtemps sifflé. Personne ne montait dedans. On eût dit que le monde entier somnolait, ne pouvait se décider à changer de place par cette chaude matinée de printemps.

La grosse femme, de temps en temps, fermait les yeux, puis les rouvrait brusquement, alors que son panier glissait sur ses genoux, prêt à tomber. Elle le rattrapait d'un geste vif, regardait dehors quelques minutes, puis s'assoupissait de nouveau. Des gouttes de sueur perlaient sur son front, et elle respirait avec peine, comme si elle eût souffert d'une oppression pénible.

Le jeune homme avait incliné la tête et dormait du fort sommeil des rustres.

Tout à coup, au sortir d'une petite gare, la paysanne parut se réveiller, et, ouvrant son panier, elle en tira un morceau de pain, des œufs durs, une fiole de vin et des prunes, de belles prunes rouges ; et elle se mit à manger.

L'homme s'était à son tour brusquement réveillé et il la regardait, il regardait chaque bouchée aller des genoux à la bouche. Il demeurait les bras croisés, les yeux fixes, les joues creuses, les lèvres closes.

Elle mangeait en grosse femme goulue, buvant à tout instant une gorgée de vin pour faire passer les œufs, et elle s'arrêtait pour souffler un peu.

Elle fit tout disparaître, le pain, les œufs, les prunes, le vin. Et dès qu'elle eut achevé son repas, le garçon referma les yeux. Alors, se sentant un peu gênée, elle desserra son corsage, et l'homme soudain regarda de nouveau.

Elle ne s'en inquiéta pas, continuant à déboutonner sa robe, et la forte pression de ses seins écartait l'étoffe, montrant, entre les deux, par la fente qui grandissait, un peu de linge blanc et un peu de peau.

La paysanne, quand elle se trouva plus à son aise, prononça en italien : « Il fait si chaud qu'on ne respire plus. »

Le jeune homme répondit dans la même langue et avec la même prononciation : « C'est un beau temps pour voyager. »

Elle demanda : « Vous êtes du Piémont ?

— Je suis d'Asti.

— Moi de Casale. »

Ils étaient voisins. Ils se mirent à causer.

Ils dirent les longues choses banales que répètent sans cesse les gens du peuple et qui suffisent à leur esprit lent et sans horizon. Ils parlèrent du pays. Ils avaient des connaissances communes. Ils citèrent des noms, devenant amis à mesure qu'ils découvraient une nouvelle personne qu'ils avaient vue tous les deux. Les mots rapides, pressés, sortaient de leurs bouches avec leurs terminaisons sonores et leur chanson italienne. Puis ils s'informèrent d'eux-mêmes.

Elle était mariée ; elle avait déjà trois enfants laissés en garde à sa sœur, car elle avait trouvé une place de nourrice, une bonne place chez une dame française, à Marseille.

Lui, il cherchait du travail. On lui avait dit qu'il en trouverait aussi par là, car on bâtissait beaucoup.

Puis ils se turent.

La chaleur devenait terrible, tombant en pluie sur le toit des wagons. Un nuage de poussière voltigeait derrière le train, pénétrait dedans ; et les parfums des orangers et des roses prenaient une saveur plus intense, semblaient s'épaissir, s'alourdir.

Les deux voyageurs s'endormirent de nouveau.

Ils rouvrirent les yeux presque en même temps. Le soleil s'abaissait vers la mer, illuminant sa nappe bleue d'une averse de clarté. L'air, plus frais, paraissait plus léger.

La nourrice haletait, le corsage ouvert, les joues molles, les yeux ternes ; et elle dit, d'une voix accablée :

« Je n'ai pas donné le sein depuis hier ; me voilà étourdie comme si j'allais m'évanouir. »

Il ne répondit pas, ne sachant que dire. Elle reprit : « Quand on a du lait comme moi, il faut donner le sein trois fois par jour, sans ça on se trouve gênée. C'est comme un poids que j'aurais sur le cœur ; un poids qui m'empêche de respirer et qui me casse les membres. C'est malheureux d'avoir du lait tant que ça. »

Il prononça : « Oui. C'est malheureux. Ça doit vous tracasser. »

Elle semblait bien malade en effet, accablée et défaillante. Elle murmura : « Il suffit de presser dessus pour que le lait sorte comme d'une fontaine. C'est vraiment curieux à voir. On ne le croirait pas. A Casale, tous les voisins venaient me regarder. »

Il dit : « Ah ! vraiment.

— Oui, vraiment. Je vous le montrerais bien, mais cela ne me servirait à rien. On n'en fait pas sortir assez de cette façon. »

Et elle se tut.

Le convoi s'arrêtait à une halte. Debout, près d'une barrière, une femme tenait en ses bras un jeune enfant qui pleurait. Elle était maigre et déguenillée.

La nourrice la regardait. Elle dit d'un ton compatissant : « En voilà une encore que je pourrais soulager. Et le petit aussi pourrait me soulager. Tenez, je ne suis pas riche, puisque je quitte ma maison, et mes gens, et mon chéri dernier pour me mettre en place ; mais je donnerais encore bien cinq francs pour avoir cet enfant-là dix minutes et lui donner le sein. Ça le calmerait et moi donc. Il me semble que je renaîtrais. »

Elle se tut encore. Puis elle passa plusieurs fois sa main brûlante sur son front où coulait la sueur. Et elle gémit : « Je ne peux plus tenir. Il me semble que je vais mourir. » Et, d'un geste inconscient, elle ouvrit tout à fait sa robe.

Le sein de droite apparut, énorme, tendu, avec sa fraise brune. Et la pauvre femme geignait : « Ah ! mon Dieu ! ah ! mon Dieu ! Qu'est-ce que je vais faire ? »

Le train s'était remis en marche et continuait sa route au milieu des fleurs qui exhalaient leur haleine pénétrante des soirées tièdes. Quelquefois, un bateau de pêche semblait endormi sur la mer bleue, avec sa voile blanche immobile, qui se reflétait dans l'eau comme si une autre barque se fût trouvée la tête en bas.

Le jeune homme, troublé, balbutia : « Mais... madame... je pourrais vous... vous soulager. »

Elle répondit d'une voix brisée : « Oui, si vous voulez. Vous me rendrez bien service. Je ne puis plus tenir, je ne puis plus. »

Il se mit à genoux devant elle ; et elle se pencha vers lui, portant vers sa bouche, dans un geste de nourrice, le bout foncé de son sein. Dans le mouvement qu'elle fit en le prenant de ses deux mains pour le tendre vers cet homme, une goutte de lait apparut au sommet. Il la but vivement, saisissant comme un fruit cette lourde mamelle entre ses lèvres. Et il se mit à téter d'une façon goulue et régulière.

Il avait passé ses deux bras autour de la taille de la femme, qu'il serrait pour l'approcher de lui ; et il buvait à lentes gorgées avec un mouvement de cou, pareil à celui des enfants.

Soudain elle dit : « En voilà assez pour celui-là, prenez l'autre maintenant. »

Et il prit l'autre avec docilité.

Elle avait posé ses deux mains sur le dos du jeune homme, et elle respirait maintenant avec force, avec bonheur, savourant les haleines des fleurs mêlées aux souffles d'air que le mouvement du train jetait dans les wagons.

Elle dit : « Ça sent bien bon par ici. »

Il ne répondit pas, buvant toujours à cette source de chair, et fermant les yeux comme pour mieux goûter.

Mais elle l'écarta doucement :

« En voilà assez. Je me sens mieux. Ça m'a remis l'âme dans le corps. »

Il s'était relevé, essuyant sa bouche d'un revers de main.

Elle lui dit, en faisant rentrer dans sa robe les deux gourdes vivantes qui gonflaient sa poitrine :

« Vous m'avez rendu un fameux service. Je vous remercie bien, monsieur. »

Et il répondit d'un ton reconnaissant :

« C'est moi qui vous remercie, madame, voilà deux jours que je n'avais rien mangé ! »

LA FICELLE[1]

A Harry Alis[2].

SUR toutes les routes autour de Goderville[3], les paysans et leurs femmes s'en venaient vers le bourg ; car c'était jour de marché. Les mâles allaient, à pas tranquilles, tout le corps en avant à chaque mouvement de leurs longues jambes torses, déformées par les rudes travaux, par la pesée sur la charrue qui fait en même temps monter l'épaule gauche et dévier la taille, par le fauchage des blés qui fait écarter les genoux pour prendre un aplomb solide, par toutes les besognes lentes et pénibles de la campagne. Leur blouse bleue, empesée, brillante, comme vernie, ornée au col et aux poignets d'un petit dessin de fil blanc, gonflée autour de leur torse osseux, semblait un ballon prêt à s'envoler, d'où sortaient une tête, deux bras et deux pieds.

Les uns tiraient au bout d'une corde une vache, un veau. Et leurs femmes, derrière l'animal, lui fouettaient les reins d'une branche encore garnie de feuilles, pour hâter sa marche. Elles portaient au bras de larges paniers d'où sortaient des têtes de poulets par-ci, des têtes de canards par-là. Et elles

163

marchaient d'un pas plus court et plus vif que leurs hommes, la taille sèche, droite et drapée dans un petit châle étriqué, épinglé sur leur poitrine plate, la tête enveloppée d'un linge blanc collé sur les cheveux et surmontée d'un bonnet.

Puis, un char à bancs passait, au trot saccadé d'un bidet, secouant étrangement deux hommes assis côte à côte et une femme dans le fond du véhicule, dont elle tenait le bord pour atténuer les durs cahots.

Sur la place de Goderville, c'était une foule, une cohue d'humains et de bêtes mélangés. Les cornes des bœufs, les hauts chapeaux à longs poils des paysans riches et les coiffes des paysannes émergeaient à la surface de l'assemblée. Et les voix criardes, aiguës, glapissantes, formaient une clameur continue et sauvage que dominait parfois un grand éclat poussé par la robuste poitrine d'un campagnard en gaieté, ou le long meuglement d'une vache attachée au mur d'une maison.

Tout cela sentait l'étable, le lait et le fumier, le foin et la sueur, dégageait cette saveur aigre, affreuse, humaine et bestiale, particulière aux gens des champs.

Maître Hauchecorne, de Bréauté, venait d'arriver à Goderville, et il se dirigeait vers la place, quand il aperçut par terre un petit bout de ficelle. Maître Hauchecorne, économe en vrai Normand, pensa que tout était bon à ramasser qui peut servir ; et il se baissa péniblement, car il souffrait de rhumatismes. Il prit, par terre, le morceau de corde mince, et il se disposait à le rouler avec soin, quand il remarqua, sur le seuil de sa porte, maître Malandain, le bourrelier, qui le regardait. Ils avaient eu des affaires ensemble au sujet d'un licol, autrefois, et ils étaient restés fâchés, étant rancuniers tous deux. Maître Hauchecorne fut pris d'une sorte de honte d'être vu ainsi, par son ennemi, cherchant dans la crotte un bout de ficelle. Il cacha brusquement sa trouvaille sous sa blouse, puis dans la poche de sa culotte ; puis il fit semblant de chercher encore par terre quelque chose qu'il ne trouvait point, et il s'en alla vers le marché, la tête en avant, courbé en deux par ses douleurs.

Il se perdit aussitôt dans la foule criarde et lente, agitée par les interminables marchandages. Les paysans tâtaient les vaches, s'en allaient, revenaient, perplexes, toujours dans la crainte d'être mis dedans, n'osant jamais se décider, épiant l'œil du vendeur, cherchant sans fin à découvrir la ruse de l'homme et le défaut de la bête.

Les femmes, ayant posé à leurs pieds leurs grands paniers, en avaient tiré leurs volailles qui gisaient par terre, liées par les pattes, l'œil effaré, la crête écarlate.

Elles écoutaient les propositions, maintenaient leurs prix, l'air sec, le visage impassible, ou bien tout à coup, se décidant au rabais proposé, criaient au client qui s'éloignait lentement :

« C'est dit, maît' Anthime. J'vous l'donne. »

Puis, peu à peu, la place se dépeupla, et l'angélus sonnant midi, ceux qui demeuraient trop loin se répandirent dans les auberges.

Chez Jourdain, la grande salle était pleine de mangeurs, comme la vaste cour était pleine de véhicules de toute race, charrettes, cabriolets, chars à bancs, tilburys, carrioles innommables, jaunes de crotte, déformées, rapiécées, levant au ciel, comme deux bras, leurs brancards, ou bien le nez par terre et le derrière en l'air.

Tout contre les dîneurs attablés, l'immense cheminée, pleine de flamme claire, jetait une chaleur vive dans le dos de la rangée de droite. Trois broches tournaient, chargées de poulets, de pigeons et de gigots ; et une délectable odeur de viande rôtie et de jus ruisselant sur la peau rissolée, s'envolait de l'âtre, allumait les gaietés, mouillait les bouches.

Toute l'aristocratie de la charrue mangeait là, chez maît' Jourdain, aubergiste et maquignon, un malin qui avait des écus.

Les plats passaient, se vidaient comme les brocs de cidre jaune. Chacun racontait ses affaires, ses achats et ses ventes. On prenait des nouvelles des récoltes. Le temps était bon pour les verts, mais un peu mucre[1] pour les blés.

Tout à coup, le tambour roula, dans la cour, devant la maison. Tout le monde aussitôt fut debout, sauf quelques indifférents, et on courut à la porte, aux fenêtres, la bouche encore pleine et la serviette à la main.

Après qu'il eut terminé son roulement, le crieur public lança d'une voie saccadée, scandant ses phrases à contretemps :

« Il est fait assavoir aux habitants de Goderville, et en général à toutes — les personnes présentes au marché, qu'il a été perdu ce matin, sur la route de Beuzeville[2], entre — neuf heures et dix heures, un portefeuille en cuir noir, contenant cinq cents francs et des papiers d'affaires. On est prié de le rapporter — à la mairie, incontinent, ou chez maître Fortuné Houlbrèque, de Manneville. Il y aura vingt francs de récompense. »

Puis l'homme s'en alla. On entendit encore une fois au loin les battements sourds de l'instrument et la voix affaiblie du crieur.

Alors on se mit à parler de cet événement, en énumérant les chances qu'avait maître Houlbrèque de retrouver ou de ne pas retrouver son portefeuille.

Et le repas s'acheva.

On finissait le café, quand le brigadier de gendarmerie parut sur le seuil.

Il demanda :

« Maître Hauchecorne, de Bréauté, est-il ici ? »

Maître Hauchecorne, assis à l'autre bout de la table, répondit :

« Me v'là. »

Et le brigadier reprit :

« Maître Hauchecorne, voulez-vous avoir la complaisance de m'accompagner à la mairie. M. le maire voudrait vous parler. »

La paysan, surpris, inquiet, avala d'un coup son petit verre, ce leva et, plus courbé encore que le matin, car les premiers pas après chaque repos étaient particulièrement difficiles, il se mit en route en répétant :

« Me v'là, me v'là. »

Et il suivit le brigadier.

La maire l'attendait, assis dans un fauteuil. C'était le notaire de l'endroit, homme gros, grave, à phrases pompeuses.

« Maître Hauchecorne, dit-il, on vous a vu ce matin ramasser, sur la route de Beuzeville, le portefeuille perdu par maître Houlbrèque, de Manneville. »

Le campagnard, interdit, regardait le maire, apeuré déjà par ce soupçon qui pesait sur lui, sans qu'il comprît pourquoi.

« Mé, mé, j'ai ramassé çu portafeuille ?

— Oui, vous-même.

— Parole d'honneur, je n'en ai seulement point eu connaissance.

— On vous a vu.

— On m'a vu, mé ? Qui ça qui m'a vu ?

— M. Malandain, le bourrelier. »

Alors le vieux se rappela, comprit et, rougissant de colère :

« Ah ! i m'a vu, çu mamant ! I m'a vu ramasser c'te ficelle-là, tenez, m'sieu le maire. »

Et, fouillant au fond de sa poche, il en retira le petit bout de corde.

Mais le maire, incrédule, remuait la tête.

« Vous ne me ferez pas accroire, maître Hauchecorne, que M. Malandain, qui est un homme digne de foi, a pris ce fil pour un portefeuille. »

Le paysan, furieux, leva la main, cracha de côté pour attester son honneur, répétant :

« C'est pourtant la vérité du bon Dieu, la sainte vérité, m'sieu le maire. Là, sur mon âme et mon salut, je l'répète. »

Le maire reprit :

« Après avoir ramassé l'objet, vous avez même encore cherché longtemps dans la boue, si quelque pièce de monnaie ne s'en était pas échappée. »

Le bonhomme suffoquait d'indignation et de peur.

« Si on peut dire !... si on peut dire... des menteries comme ça pour dénaturer un honnête homme ! Si on peut dire !... »

Il eut beau protester, on ne le crut pas.

Il fut confronté avec M. Malandain, qui répéta et soutint son affirmation. Ils s'injurièrent une heure durant. On fouilla, sur sa demande, maître Hauchecorne. On ne trouva rien sur lui.

Enfin, le maire, fort perplexe, le renvoya, en le prévenant qu'il allait aviser le parquet et demander des ordres.

La nouvelle s'était répandue. A sa sortie de la mairie, le vieux fut entouré, interrogé avec une curiosité sérieuse ou goguenarde, mais où n'entrait aucune indignation. Et il se mit à raconter l'histoire de la ficelle. On ne le crut pas. On riait.

Il allait, arrêté par tous, arrêtant ses connaissances, recommençant sans fin son récit et ses protestations, montrant ses poches retournées, pour prouver qu'il n'avait rien.

On lui disait :

« Vieux malin, va ! »

Et il se fâchait, s'exaspérant, enfiévré, désolé de n'être pas cru, ne sachant que faire, et contant toujours son histoire.

La nuit vint. Il fallait partir. Il se mit en route avec trois voisins à qui il montra la place où il avait ramassé le bout de corde ; et tout le long du chemin il parla de son aventure.

Le soir, il fit une tournée dans le village de Bréauté, afin de la dire à tout le monde. Il ne rencontra que des incrédules.

Il en fut malade toute la nuit.

Le lendemain, vers une heure de l'après-midi, Marius Paumelle, valet de ferme de maître Breton, cultivateur à Ymauville, rendait le portefeuille et son contenu à maître Houlbrèque, de Manneville.

Cet homme prétendait avoir, en effet, trouvé l'objet sur la route ; mais, ne sachant pas lire, il l'avait rapporté à la maison et donné à son patron.

La nouvelle se répandit aux environs. Maître Hauchecorne en fut informé. Il se mit aussitôt en tournée et commença à narrer son histoire complétée du dénouement. Il triomphait.

« C' qui m' faisait deuil, disait-il, c'est point tant la chose, comprenez-vous ; mais c'est la menterie. Y a rien qui vous nuit comme d'être en réprobation pour une menterie. »

Tout le jour il parlait de son aventure, il la contait sur les routes aux gens qui passaient, au cabaret aux gens qui buvaient, à la sortie de l'église le dimanche suivant. Il arrêtait des inconnus pour la leur dire. Maintenant, il était tranquille, et pourtant quelque chose le gênait sans qu'il sût au juste ce que c'était. On avait l'air de plaisanter en l'écoutant. On ne paraissait pas convaincu. Il lui semblait sentir des propos derrière son dos.

Le mardi de l'autre semaine, il se rendit au marché de Goderville, uniquement poussé par le besoin de conter son cas.

Malandain, debout sur sa porte, se mit à rire en le voyant passer. Pourquoi ?

Il aborda un fermier de Criquetot, qui ne le laissa pas achever et, lui jetant une tape dans le creux de son ventre, lui cria par la figure : « Gros malin, va ! » Puis lui tourna les talons.

Maître Hauchecorne demeura interdit et de plus en plus inquiet. Pourquoi l'avait-on appelé « gros malin » ?

Quand il fut assis à table, dans l'auberge de Jourdain, il se remit à expliquer l'affaire.

Un maquignon de Montivilliers lui cria :

« Allons, allons, vieille pratique, je la connais, ta ficelle ! »

Hauchecorne balbutia :

« Puisqu'on l'a retrouvé, çu portafeuille ! »

Mais l'autre reprit :

« Tais-té, mon pé, y en a un qui trouve, et y en a un qui r'porte. Ni vu ni connu, je t'embrouille. »

Le paysan resta suffoqué. Il comprenait enfin. On l'accusait d'avoir fait rapporter le portefeuille par un compère, par un complice.

Il voulut protester. Toute la table se mit à rire.

Il ne put achever son dîner et s'en alla, au milieu des moqueries.

Il rentra chez lui, honteux et indigné, étranglé par la colère, par la confusion, d'autant plus atterré qu'il était capable, avec sa finauderie de Normand, de faire ce dont on l'accusait, et même de s'en vanter comme d'un bon tour. Son innocence lui apparaissait confusément comme impossible à prouver, sa malice étant connue. Et il se sentait frappé au cœur par l'injustice du soupçon.

Alors il recommença à conter l'aventure, en allongeant chaque jour son récit, ajoutant chaque fois des raisons nouvelles, des protestations plus énergiques, des serments plus solennels qu'il imaginait, qu'il préparait dans ses heures de solitude, l'esprit uniquement occupé de l'histoire de la ficelle. On le croyait d'autant moins que sa défense était plus compliquée et son argumentation plus subtile.

« Ça, c'est des raisons d'menteux », disait-on derrière son dos.

Il le sentait, se rongeait les sangs, s'épuisait en efforts inutiles.

Il dépérissait à vue d'œil.

Les plaisants maintenant lui faisaient conter « la Ficelle » pour s'amuser, comme on fait conter sa bataille au soldat qui a fait campagne. Son esprit, atteint à fond, s'affaiblissait.

Vers la fin de décembre, il s'alita.

Il mourut dans les premiers jours de janvier, et, dans le délire de l'agonie, il attestait son innocence, répétant :

« Une 'tite ficelle... une 'tite ficelle... t'nez, la voilà, m'sieu le maire. »

GARÇON, UN BOCK[1] !...

A José Maria de Heredia[2].

Pourquoi suis-je entré, ce soir-là, dans cette brasserie ? Je n'en sais rien. Il faisait froid. Une fine pluie, une poussière d'eau voltigeait, voilait les becs de gaz d'une brume transparente, faisait luire les trottoirs que traversaient les lueurs des devantures, éclairant la boue humide et les pieds sales des passants.

Je n'allais nulle part. Je marchais un peu après dîner. Je passai le Crédit Lyonnais, la rue Vivienne, d'autres rues encore[3]. J'aperçus soudain une grande brasserie à moitié pleine. J'entrai, sans aucune raison. Je n'avais pas soif.

D'un coup d'œil je cherchai une place où je ne serais point trop serré, et j'allai m'asseoir à côté d'un homme qui me parut vieux et qui fumait une pipe de deux sous, en terre, noire comme un charbon. Six ou huit soucoupes de verre, empilées sur la table devant lui, indiquaient le nombre de bocks qu'il avait absorbés déjà. Je n'examinai pas mon voisin. D'un coup d'œil j'avais reconnu un bockeur, un de ces habitués de brasserie qui arrivent le

173

matin, quand on ouvre, et s'en vont le soir, quand on ferme. Il était sale, chauve du milieu du crâne, tandis que de longs cheveux gras, poivre et sel, tombaient sur le col de sa redingote. Ses habits trop larges semblaient avoir été faits au temps où il avait du ventre. On devinait que le pantalon ne tenait guère et que cet homme ne pouvait faire dix pas sans rajuster et retenir ce vêtement mal attaché. Avait-il un gilet ? La seule pensée des bottines et de ce qu'elles enfermaient me terrifia. Les manchettes effiloquées étaient complètement noires du bord, comme les ongles.

Dès que je fus assis à son côté, ce personnage me dit d'une voix tranquille : « Tu vas bien ? »

Je me tournai vers lui d'une secousse et je le dévisageai. Il reprit : « Tu ne me reconnais pas ?

— Non.

— Des Barrets. »

Je fus stupéfait. C'était le comte Jean des Barrets, mon ancien camarade de collège.

Je lui serrai la main, tellement interdit que je ne trouvai rien à dire.

Enfin, je balbutiai : « Et toi, tu vas bien ? »

Il répondit placidement : « Moi, comme je peux. »

Il se tut, je voulus être aimable, je cherchai une phrase : « Et... qu'est-ce que tu fais ? »

Il répliqua avec résignation : « Tu vois. »

Je me sentis rougir. J'insistai : « Mais tous les jours ? »

Il prononça, en soufflant d'épaisses bouffées de fumée : « Tous les jours c'est la même chose. »

Puis, tapant sur le marbre de la table avec un sou qui traînait, il s'écria : « Garçon, deux bocks ! »

Une voix lointaine répéta : « Deux bocks au quatre ! » Une autre voix plus éloignée encore lança un « Voilà ! » suraigu. Puis un homme en tablier blanc apparut, portant les deux bocks dont il répandait, en courant, les gouttes jaunes sur le sol sablé.

Des Barrets vida d'un trait son verre et le reposa sur la table, pendant qu'il aspirait la mousse restée en ses moustaches.

Puis il demanda : « Et quoi de neuf ? »

Je ne savais rien de neuf à lui dire, en vérité. Je balbutiai : « Mais rien, mon vieux. Moi je suis commerçant. »

Il prononça de sa voix toujours égale : « Et... ça t'amuse ?

— Non, mais que veux-tu ? Il faut bien faire quelque chose !

— Pourquoi ça ?

— Mais... pour s'occuper.

— A quoi ça sert-il ? Moi, je ne fais rien, comme tu vois, jamais rien. Quand on n'a pas le sou, je comprends qu'on travaille. Quand on a de quoi vivre, c'est inutile. A quoi bon travailler ? Le fais-tu pour toi ou pour les autres ? Si tu le fais pour toi, c'est que ça t'amuse, alors très bien ; si tu le fais pour les autres, tu n'es qu'un niais. »

Puis, posant sa pipe sur le marbre, il cria de nouveau : « Garçon, un bock ! » et reprit : « Ça me donne soif, de parler. Je n'en ai pas l'habitude. Oui, moi, je ne fais rien, je me laisse aller, je vieillis. En mourant je ne regretterai rien. Je n'aurai pas d'autre souvenir que cette brasserie. Pas de femme, pas d'enfants, pas de soucis, pas de chagrins, rien. Ça vaut mieux. »

Il vida le bock qu'on lui avait apporté, passa sa langue sur ses lèvres et reprit sa pipe.

Je le considérais avec stupeur. Je lui demandai :

« Mais tu n'as pas toujours été ainsi ?

— Pardon, toujours, dès le collège.

— Ce n'est pas une vie, ça, mon bon. C'est horrible. Voyons, tu fais bien quelque chose, tu aimes quelque chose, tu as des amis.

— Non. Je me lève à midi. Je viens ici, je déjeune, je bois des bocks, j'attends la nuit, je dîne, je bois des bocks ; puis, vers une heure et demie du matin, je retourne me coucher, parce qu'on ferme. C'est ce qui m'embête le plus. Depuis dix ans, j'ai bien passé six années sur cette banquette, dans mon coin ; et le reste dans mon lit, jamais ailleurs. Je cause quelquefois avec des habitués.

— Mais, en arrivant à Paris, qu'est-ce que tu as fait tout d'abord ?

— J'ai fait mon droit... au café de Médicis[1].

— Mais après ?

— Après... j'ai passé l'eau et je suis venu ici.

— Pourquoi as-tu pris cette peine ?

— Que veux-tu, on ne peut pas rester toute sa vie au Quartier latin. Les étudiants font trop de bruit. Maintenant je ne bougerai plus. Garçon, un bock ! »

Je croyais qu'il se moquait de moi. J'insistai.

« Voyons, sois franc. Tu as eu quelque gros chagrin ? Un désespoir d'amour, sans doute ? Certes, tu es un homme que le malheur a frappé. Quel âge as-tu ?

— J'ai trente-trois ans. Mais j'en parais au moins quarante-cinq. »

Je le regardai bien en face. Sa figure ridée, mal soignée, semblait presque celle d'un vieillard. Sur le sommet du crâne, quelques longs cheveux voltigeaient au-dessus de la peau d'une propreté douteuse. Il avait des sourcils énormes, une forte moustache et une barbe épaisse. J'eus brusquement, je ne sais pourquoi, la vision d'une cuvette pleine d'eau noirâtre, l'eau où aurait été lavé tout ce poil.

Je lui dis : « En effet, tu as l'air plus vieux que

ton âge. Certainement, tu as eu des chagrins. »

Il répliqua : « Je t'assure que non. Je suis vieux parce que je ne prends jamais l'air. Il n'y a rien qui détériore les gens comme la vie de café. »

Je ne le pouvais croire : « Tu as bien aussi fait la noce ? On n'est pas chauve comme tu l'es sans avoir beaucoup aimé[1]. »

Il secoua tranquillement le front, semant sur son dos les petites choses blanches qui tombaient de ses derniers cheveux : « Non, j'ai toujours été sage. » Et levant les yeux vers le lustre qui nous chauffait la tête : « Si je suis chauve, c'est la faute du gaz. Il est l'ennemi du cheveu. — Garçon, un bock ! — Tu n'as pas soif ?

— Non, merci. Mais vraiment tu m'intéresses. Depuis quand as-tu un pareil découragement ? Ça n'est pas normal, ça n'est pas naturel. Il y a quelque chose là-dessous.

— Oui, ça date de mon enfance. J'ai reçu un coup, quand j'étais petit, et cela m'a tourné au noir pour jusqu'à la fin.

— Quoi donc ?

— Tu veux le savoir ? écoute. Tu te rappelles bien le château où je fus élevé, puisque tu y es venu cinq ou six fois pendant les vacances ? Tu te rappelles ce grand bâtiment gris, au milieu d'un grand parc et les longues avenues de chênes, ouvertes vers les quatre points cardinaux ! Tu te rappelles mon père et ma mère, tous les deux cérémonieux, solennels et sévères !

J'adorais ma mère, je redoutais mon père, et je les respectais tous les deux, accoutumé d'ailleurs à voir tout le monde courbé devant eux. Ils étaient, dans le pays, M. le comte et Mme la comtesse ; et nos voisins aussi, les Tannemare, les Ravalet, les Brenneville, montraient pour mes parents une considération supérieure.

J'avais alors treize ans. J'étais gai, content de tout, comme on l'est à cet âge-là, tout plein du bonheur de vivre.

Or, vers la fin de septembre, quelques jours avant ma rentrée au collège, comme je jouais à faire le loup dans les massifs du parc, courant au milieu des branches et des feuilles, j'aperçus, en traversant une avenue, papa et maman qui se promenaient.

Je me rappelle cela comme d'hier. C'était par un jour de grand vent. Toute la ligne des arbres se courbait sous les rafales, gémissait, semblait pousser des cris, de ces cris sourds, profonds, que les forêts jettent dans les tempêtes.

Les feuilles arrachées, jaunes déjà, s'envolaient comme des oiseaux, tourbillonnaient, tombaient puis couraient tout le long de l'allée, ainsi que des bêtes rapides.

Le soir venait. Il faisait sombre dans les fourrés. Cette agitation du vent et des branches m'excitait, me faisait galoper comme un fou, et hurler pour imiter les loups.

Dès que j'eus aperçu mes parents, j'allai vers eux à pas furtifs, sous les branches, pour les surprendre, comme si j'eusse été un rôdeur véritable.

Mais je m'arrêtai, saisi de peur, à quelques pas d'eux. Mon père, en proie à une terrible colère, criait :

« Ta mère est une sotte ; et, d'ailleurs, ce n'est pas de ta mère qu'il s'agit, mais de toi. Je te dis que j'ai besoin de cet argent, et j'entends que tu signes. »

Maman répondit, d'une voix ferme :

« Je ne signerai pas. C'est la fortune de Jean, cela. Je la garde pour lui et je ne veux pas que tu la manges encore avec des filles et des servantes, comme tu as fait de ton héritage. »

Alors papa, tremblant de fureur, se retourna, et saisissant sa femme par le cou, il se mit à la frapper avec l'autre main de toute sa force, en pleine figure.

Le chapeau de maman tomba, ses cheveux dénoués se répandirent ; elle essayait de parer les coups, mais elle n'y pouvait parvenir. Et papa, comme fou, frappait, frappait. Elle roula par terre, cachant sa face dans ses deux bras. Alors il la renversa sur le dos pour la battre encore, écartant les mains dont elle se couvrait le visage.

Quant à moi, mon cher, il me semblait que le monde allait finir, que les lois éternelles étaient changées. J'éprouvais le bouleversement qu'on a devant les choses surnaturelles, devant les catastrophes monstrueuses, devant les irréparables désastres. Ma tête d'enfant s'égarait, s'affolait. Et je me mis à crier de toute ma force, sans savoir pourquoi, en proie à une épouvante, à une douleur, à un effarement épouvantables. Mon père m'entendit, se retourna, m'aperçut, et, se relevant, s'en vint vers moi. Je crus qu'il m'allait tuer et je m'enfuis comme un animal chassé, courant tout droit devant moi, dans le bois.

J'allai peut-être une heure, peut-être deux, je ne sais pas. La nuit étant venue, je tombai sur l'herbe, et je restai là, éperdu, dévoré par la peur, rongé par un chagrin capable de briser à jamais un pauvre cœur d'enfant. J'avais froid, j'avais faim peut-être. Le jour vint. Je n'osais plus me lever, ni marcher, ni revenir, ni me sauver encore, craignant de rencontrer mon père que je ne voulais plus revoir.

Je serais peut-être mort de misère et de famine au pied de mon arbre, si le garde ne m'avait découvert et ramené de force.

Je trouvai mes parents avec leur visage ordinaire. Ma mère me dit seulement : « Comme tu m'as fait peur, vilain garçon, j'ai passé la nuit sans dormir. »

Je ne répondis point, mais je me mis à pleurer. Mon père ne prononça pas une parole.

Huit jours plus tard, je rentrais au collège.

Eh bien, mon cher, c'était fini pour moi. J'avais vu l'autre face des choses, la mauvaise ; je n'ai plus aperçu la bonne depuis ce jour-là. Que s'est-il passé dans mon esprit ? Quel phénomène étrange m'a retourné les idées ? Je l'ignore. Mais je n'ai plus eu de goût pour rien, envie de rien, d'amour pour personne, de désir quelconque, d'ambition ou d'espérance. Et j'aperçois toujours ma pauvre mère, par terre, dans l'allée, tandis que mon père l'assommait. — Maman est morte après quelques années. Mon père vit encore. Je ne l'ai pas revu. — Garçon, un bock !...[1] »

On lui apporta un bock qu'il engloutit d'une gorgée. Mais, en reprenant sa pipe, comme il tremblait, il la cassa. Alors il eut un geste désespéré, et il dit : « Tiens ! C'est un vrai chagrin, ça, par exemple. J'en ai pour un mois à en culotter une nouvelle.»

Et il lança à travers la vaste salle, pleine maintenant de fumée et de buveurs, son éternel cri : « Garçon, un bock — et une pipe neuve ! »

LE BAPTÊME[1]

A Guillemet[2].

DEVANT la porte de la ferme, les hommes endimanchés attendaient. Le soleil de mai versait sa claire lumière sur les pommiers épanouis, ronds comme d'immenses bouquets blancs, roses et parfumés, et qui mettaient sur la cour entière un toit de fleurs. Ils semaient sans cesse autour d'eux une neige de pétales menus, qui voltigeaient et tournoyaient en tombant dans l'herbe haute, où les pissenlits brillaient comme des flammes, où les coquelicots semblaient des gouttes de sang.

Une truie somnolait sur le bord du fumier, le ventre énorme, les mamelles gonflées, tandis qu'une troupe de petits porcs tournaient autour, avec leur queue roulée comme une corde.

Tout à coup, là-bas, derrière les arbres des fermes, la cloche de l'église tinta. Sa voix de fer jetait dans le ciel joyeux son appel faible et lointain. Des hirondelles filaient comme des flèches à travers l'espace bleu qu'enfermaient les grands hêtres immobiles. Une odeur d'étable passait parfois, mêlée au souffle doux et sucré des pommiers.

181

Un des hommes debout devant la porte se tourna vers la maison et cria :

« Allons, allons, Mélina, v'là que ça sonne ! »

Il avait peut-être trente ans. C'était un grand paysan, que les longs travaux des champs n'avaient point encore courbé ni déformé. Un vieux, son père, noueux comme un tronc de chêne, avec des poignets bossués et des jambes torses, déclara :

« Les femmes, c'est jamais prêt, d'abord. »

Les deux autres fils du vieux se mirent à rire, et l'un, se tournant vers le frère aîné, qui avait appelé le premier, lui dit :

« Va les querir, Polyte. All' viendront point avant midi. »

Et le jeune homme entra dans sa demeure.

Une bande de canards arrêtée près des paysans se mit à crier en battant des ailes ; puis ils partirent vers la mare de leur pas lent et balancé.

Alors, sur la porte demeurée ouverte, une grosse femme parut qui portait un enfant de deux mois. Les brides blanches de son haut bonnet lui pendaient sur le dos, retombant sur un châle rouge, éclatant comme un incendie, et le moutard, enveloppé de linges blancs, reposait sur le ventre en bosse de la garde.

Puis la mère, grande et forte, sortit à son tour, à peine âgée de dix-huit ans, fraîche et souriante, tenant le bras de son homme. Et les deux grand-mères vinrent ensuite, fanées ainsi que de vieilles pommes, avec une fatigue évidente dans leurs reins forcés, tournés depuis longtemps par les patientes et rudes besognes. Une d'elles était veuve ; elle prit le bras du grand-père, demeuré devant la porte, et ils partirent en tête du cortège, derrière l'enfant et la sage-femme. Et le reste de la famille se mit en route à la suite. Les plus jeunes portaient des sacs de papier pleins de dragées.

Là-bas, la petite cloche sonnait sans repos, appelant de toute sa force le frêle marmot attendu. Des gamins montaient sur les fossés ; des gens apparaissaient aux barrières ; des filles de ferme restaient debout entre deux seaux pleins de lait qu'elles posaient à terre pour regarder le baptême.

Et la garde, triomphante, portait son fardeau vivant, évitait les flaques d'eau dans les chemins creux, entre les talus plantés d'arbres. Et les vieux venaient avec cérémonie, marchant un peu de travers, vu l'âge et les douleurs ; et les jeunes avaient envie de danser, et ils regardaient les filles qui venaient les voir passer ; et le père et la mère allaient gravement, plus sérieux, suivant cet enfant qui les remplaccrait, plus tard, dans la vie, qui continuerait dans le pays leur nom, le nom des Dentu, bien connu par le canton.

Ils débouchèrent dans la plaine et prirent à travers les champs pour éviter le long détour de la route.

On apercevait l'église maintenant, avec son clocher pointu. Une ouverture le traversait juste au-dessous du toit d'ardoises ; et quelque chose remuait là-dedans, allant et venant d'un mouvement vif, passant et repassant derrière l'étroite fenêtre. C'était la cloche qui sonnait toujours, criant au nouveau-né de venir, pour la première fois, dans la maison du Bon Dieu.

Un chien s'était mis à suivre. On lui jetait des dragées, il gambadait autour des gens.

La porte de l'église était ouverte. Le prêtre, un grand garçon à cheveux rouges, maigre et fort, un Dentu aussi, lui, oncle du petit, encore un frère du père, attendait devant l'autel. Et il baptisa suivant les rites son neveu Prosper-César, qui se mit à pleurer en goûtant le sel symbolique.

Quand la cérémonie fut achevée, la famille

demeura sur le seuil pendant que l'abbé quittait son surplis ; puis on se remit en route. On allait vite maintenant, car on pensait au dîner. Toute la marmaille du pays suivait, et, chaque fois qu'on lui jetait une poignée de bonbons, c'était une mêlée furieuse, des luttes corps à corps, des cheveux arrachés ; et le chien aussi se jetait dans le tas pour ramasser les sucreries, tiré par la queue, par les oreilles, par les pattes, mais plus obstiné que les gamins.

La garde, un peu lasse, dit à l'abbé qui marchait auprès d'elle :

« Dites donc, m'sieu le curé, si ça ne vous opposait pas[1] de m'tenir un brin vot' neveu pendant que je m'dégourdirai. J'ai quasiment une crampe dans les estomacs. »

Le prêtre prit l'enfant, dont la robe blanche faisait une grande tache éclatante sur la soutane noire, et il l'embrassa, gêné par ce léger fardeau, ne sachant comment le tenir, comment le poser. Tout le monde se mit à rire. Une des grand-mères demanda de loin :

« Ça ne t'fait-il point deuil, dis, l'abbé, qu' tu n'en auras jamais de comme ça ? »

Le prêtre ne répondit pas. Il allait à grandes enjambées, regardant fixement le moutard aux yeux bleus, dont il avait envie d'embrasser encore les joues rondes. Il n'y tint plus, et, le levant jusqu'à son visage, il le baisa longuement.

Le père cria :

« Dis donc, curé, si t'en veux un, t'as qu'à le dire. »

Et on se mit à plaisanter, comme plaisantent les gens des champs.

Dès qu'on fut assis à table, la lourde gaieté campagnarde éclata comme une tempête. Les deux autres fils allaient aussi se marier ; leurs fiancées

184

étaient là, arrivées seulement pour le repas ; et les invités ne cessaient de lancer des allusions à toutes les générations futures que promettaient ces unions.

C'étaient des gros mots, fortement salés, qui faisaient ricaner les filles rougissantes et se tordre les hommes. Ils tapaient du poing sur la table, poussaient des cris. Le père et le grand-père ne tarissaient point en propos polissons. La mère souriait ; les vieilles prenaient leur part de joie et lançaient aussi des gaillardises.

Le curé, habitué à ces débauches paysannes, restait tranquille, assis à côté de la garde, agaçant du doigt la petite bouche de son neveu pour le faire rire. Il semblait surpris par la vue de cet enfant, comme s'il n'en avait jamais aperçu. Il le considérait avec une attention réfléchie, avec une gravité songeuse, avec une tendresse éveillée au fond de lui, une tendresse inconnue, singulière, vive et un peu triste, pour ce petit être fragile qui était le fils de son frère.

Il n'entendait rien, ne voyait rien, il contemplait l'enfant. Il avait envie de le prendre encore sur ses genoux, car il gardait, sur sa poitrine et dans son cœur, la sensation douce de l'avoir porté tout à l'heure, en revenant de l'église. Il restait ému devant cette larve d'homme comme devant un mystère ineffable auquel il n'avait jamais pensé, un mystère auguste et saint, l'incarnation d'une âme nouvelle, le grand mystère de la vie qui commence, de l'amour qui s'éveille, de la race qui se continue, de l'humanité qui marche toujours.

La garde mangeait, la face rouge, les yeux luisants, gênée par le petit qui l'écartait de la table.

L'abbé lui dit :

« Donnez-le-moi. Je n'ai pas faim. »

Et il reprit l'enfant. Alors tout disparut autour de

lui, tout s'effaça ; et il restait les yeux fixés sur cette figure rose et bouffie ; et peu à peu, la chaleur du petit corps, à travers les langes et le drap de la soutane, lui gagnait les jambes, le pénétrait, comme une caresse très légère, très bonne, très chaste, une caresse délicieuse qui lui mettait des larmes aux yeux.

Le bruit des mangeurs devenait effrayant. L'enfant, agacé par ces clameurs, se mit à pleurer.

Une voix s'écria :

« Dis donc, l'abbé, donne-lui à téter. »

Et une explosion de rires secoua la salle. Mais la mère s'était levée ; elle prit son fils et l'emporta dans la chambre voisine. Elle revint au bout de quelques minutes en déclarant qu'il dormait tranquillement dans son berceau.

Et le repas continua. Hommes et femmes sortaient de temps en temps dans la cour, puis rentraient se mettre à table. Les viandes, les légumes, le cidre et le vin s'engouffraient dans les bouches, gonflaient les ventres, allumaient les yeux, faisaient délirer les esprits.

La nuit tombait quand on prit le café. Depuis longtemps le prêtre avait disparu, sans qu'on s'étonnât de son absence.

La jeune mère enfin se leva pour aller voir si le petit dormait toujours. Il faisait sombre à présent. Elle pénétra dans la chambre à tâtons ; et elle avançait les bras étendus pour ne point heurter de meuble. Mais un bruit singulier l'arrêta net ; et elle ressortit effarée, sûre d'avoir entendu remuer quelqu'un. Elle rentra dans la salle, fort pâle, tremblante, et raconta la chose. Tous les hommes se levèrent en tumulte, gris et menaçants ; et le père, une lampe à la main, s'élança.

L'abbé, à genoux près du berceau, sanglotait, le front sur l'oreiller où reposait la tête de l'enfant.

REGRET[1]

A Léon Dierx[2].

M. Saval, qu'on appelle dans Mantes « le père Saval », vient de se lever. Il pleut. C'est un triste jour d'automne ; les feuilles tombent. Elles tombent lentement dans la pluie, comme une autre pluie plus épaisse et plus lente. M. Saval n'est pas gai. Il va de sa cheminée à sa fenêtre et de sa fenêtre à sa cheminée. La vie a des jours sombres. Elle n'aura plus que des jours sombres pour lui maintenant, car il a soixante-deux ans ! il est seul, vieux garçon, sans personne autour de lui. Comme c'est triste de mourir ainsi, tout seul, sans une affection dévouée !

Il songe à son existence si nue, si vide. Il se rappelle, dans l'ancien passé, dans le passé de son enfance, la maison, la maison avec les parents : puis le collège, les sorties, le temps de son droit à Paris. Puis la maladie du père, sa mort.

Il est revenu habiter avec sa mère. Ils ont vécu tous les deux, le jeune homme et la vieille femme, paisiblement, sans rien désirer de plus. Elle est morte aussi. Que c'est triste, la vie !

Il est resté seul. Et maintenant il mourra bientôt à son tour. Il disparaîtra, lui, et ce sera fini. Il n'y

187

aura plus de M. Paul Saval sur la terre. Quelle affreuse chose ! D'autres gens vivront, s'aimeront, riront. Oui, on s'amusera et il n'existera plus, lui ! Est-ce étrange qu'on puisse rire, s'amuser, être joyeux sous cette éternelle certitude de la mort. Si elle était seulement probable, cette mort, on pourrait encore espérer ; mais non, elle est inévitable, aussi inévitable que la nuit après le jour.

Si encore sa vie avait été remplie ! S'il avait fait quelque chose ; s'il avait eu des aventures, de grands plaisirs, des succès, des satisfactions de toute sorte. Mais non, rien. Il n'avait rien fait, jamais rien que se lever, manger, aux mêmes heures, et se coucher. Et il était arrivé comme cela à l'âge de soixante-deux ans. Il ne s'était même pas marié, comme les autres hommes. Pourquoi ? Oui, pourquoi ne s'était-il pas marié ? Il l'aurait pu, car il possédait quelque fortune. Est-ce l'occasion qui lui avait manqué ? Peut-être ! Mais on les fait naître, ces occasions ! Il était nonchalant, voilà. La nonchalance avait été son grand mal, son défaut, son vice. Combien de gens ratent leur vie par nonchalance. Il est si difficile à certaines natures de se lever, de remuer, de faire des démarches, de parler, d'étudier des questions.

Il n'avait même pas été aimé. Aucune femme n'avait dormi sur sa poitrine dans un complet abandon d'amour. Il ne connaissait pas les angoisses délicieuses de l'attente, le divin frisson de la main pressée, l'extase de la passion triomphante.

Quel bonheur surhumain devait vous inonder le cœur quand les lèvres se rencontrent pour la première fois, quand l'étreinte de quatre bras fait un seul être, un être souverainement heureux, de deux êtres affolés l'un par l'autre.

M. Saval s'était assis, les pieds au feu, en robe de chambre.

Certes, sa vie était ratée, tout à fait ratée. Pourtant, il avait aimé, lui. Il avait aimé secrètement, douloureusement et nonchalamment, comme il faisait tout. Oui, il avait aimé sa vieille amie Mme Sandres, la femme de son vieux camarade Sandres. Ah ! s'il l'avait connue jeune fille ! Mais il l'avait rencontrée trop tard ; elle était déjà mariée. Certes, il l'aurait demandée, celle-là ! Comme il l'avait aimé pourtant sans répit, depuis le premier jour !

Il se rappelait son émotion toutes les fois qu'il la revoyait, ses tristesses en la quittant, les nuits où il ne pouvait pas s'endormir parce qu'il pensait à elle.

Le matin, il se réveillait toujours un peu moins amoureux que le soir. Pourquoi ?

Comme elle était jolie, autrefois, et mignonne, blonde, frisée, rieuse ! Sandres n'était pas l'homme qu'il lui aurait fallu. Maintenant, elle avait cinquante-huit ans. Elle semblait heureuse. Ah ! si elle l'avait aimé, celle-là, jadis ! si elle l'avait aimé ! Et pourquoi ne l'aurait-elle pas aimé, lui, Saval, puisqu'il l'aimait bien, elle, Mme Sandres ?

Si seulement elle avait deviné quelque chose... N'avait-elle rien deviné, n'avait-elle rien vu, rien compris jamais ? Alors qu'aurait-elle pensé ? S'il avait parlé, qu'aurait-elle répondu ?

Et Saval se demandait mille autre choses. Il revivait sa vie, cherchait à ressaisir une foule de détails.

Il se rappelait toutes les longues soirées d'écarté chez Sandres, quand sa femme était jeune et si charmante.

Il se rappelait des choses qu'elle lui avait dites, des intonations qu'elle avait autrefois, des petits sourires muets qui signifiaient tant de pensées.

Il se rappelait leurs promenades, à trois, le long de la Seine, leurs déjeuners sur l'herbe, le dimanche, car Sandres était employé à la sous-préfecture. Et soudain le souvenir net lui revint d'un après-midi passé avec elle dans un petit bois le long de la rivière.

Ils étaient partis le matin, emportant leurs provisions dans des paquets. C'était par une vive journée de printemps, une de ces journées qui grisent. Tout sent bon, tout semble heureux. Les oiseaux ont des cris plus gais et des coups d'ailes plus rapides. On avait mangé sur l'herbe, sous des saules, tout près de l'eau engourdie par le soleil. L'air était tiède, plein d'odeurs de sève ; on le buvait avec délices. Qu'il faisait bon, ce jour-là !

Après le déjeuner, Sandres s'était endormi sur le dos : « Le meilleur somme de sa vie », disait-il en se réveillant.

Mme Sandres avait prit le bras de Saval, et ils étaient partis tous les deux le long de la rive.

Elle s'appuyait sur lui. Elle riait, elle disait : « Je suis grise, mon ami, tout à fait grise. » Il la regardait, frémissant jusqu'au cœur, se sentant pâlir, redoutant que ses yeux ne fussent trop hardis, qu'un tremblement de sa main ne révélât son secret.

Elle s'était fait une couronne avec de grandes herbes et des lis d'eau, et lui avait demandé : « M'aimez-vous, comme ça ? »

Comme il ne répondait rien — car il n'avait rien trouvé à répondre, il serait plutôt tombé à genoux —, elle s'était mise à rire, d'un rire mécontent, en lui jetant par la figure : « Gros bête, va ! On parle, au moins ! »

Il avait failli pleurer sans trouver encore un seul mot.

Tout cela lui revenait maintenant, précis comme au premier jour ! Pourquoi lui avait-elle dit cela : « Gros bête, va ! On parle, au moins ! »

Et il se rappela comme elle s'appuyait tendrement sur lui. En passant sous un arbre penché, il avait senti son oreille, à elle, contre sa joue, à lui, et il s'était reculé brusquement, dans la crainte qu'elle ne crût volontaire ce contact.

Quand il avait dit : « Ne serait-il pas temps de revenir ? » elle lui avait lancé un regard singulier. Certes, elle l'avait regardé d'une curieuse façon. Il n'y avait pas songé, alors ; et voilà qu'il s'en souvenait maintenant !

« Comme vous voudrez, mon ami. Si vous êtes fatigué, retournons. »

Et il avait répondu :

« Ce n'est pas que je sois fatigué ; mais Sandres est peut-être réveillé maintenant »

Et elle avait dit, en haussant les épaules :

« Si vous craignez que mon mari soit réveillé, c'est autre chose ; retournons ! »

En revenant, elle demeura silencieuse ; et elle ne s'appuyait plus sur son bras. Pourquoi ?

Ce « pourquoi »-là, il ne se l'était point encore posé. Maintenant il lui semblait apercevoir quelque chose qu'il n'avait jamais compris.

Est-ce que... ?

M. Saval se sentit rougir, et il se leva bouleversé, comme si, de trente ans plus jeune, il avait entendu Mme Sandres lui dire : « Je vous aime ! »

Était-ce possible ? Ce soupçon qui venait de lui entrer dans l'âme le torturait ! Était-ce possible qu'il n'eût pas vu, pas deviné ?

Oh ! si cela était vrai, s'il avait passé contre ce bonheur sans le saisir !

Il se dit : Je veux savoir, je ne peux rester dans ce doute. Je veux savoir !

Et il s'habilla vite, se vêtant à la hâte. Il pensait : « J'ai soixante-deux ans, elle en a cinquante-huit ; je peux bien lui demander cela. »

Et il sortit.

La maison de Sandres se trouvait de l'autre côté de la rue, presque en face de la sienne. Il s'y rendit. La petite servante vint ouvrir au coup de marteau.

Elle fut étonnée de le voir si tôt :

« Vous déjà, monsieur Saval ; est-il arrivé quelque accident ? »

Saval répondit :

« Non, ma fille, mais va dire à ta maîtresse que je voudrais lui parler tout de suite.

— C'est que madame fait sa provision de confitures de poires pour l'hiver ; et elle est dans son fourneau ; et pas habillée, vous comprenez.

— Oui, mais dis-lui que c'est pour une chose très importante. »

La petite bonne s'en alla, et Saval se mit à marcher dans le salon, à grands pas nerveux. Il ne se sentait pas embarrassé cependant. Oh ! il allait lui demander cela comme il lui aurait demandé une recette de cuisine. C'est qu'il avait soixante-deux ans !

La porte s'ouvrit ; elle parut. C'était maintenant une grosse femme large et ronde, aux joues pleines, au rire sonore. Elle marchait les mains loin du corps et les manches relevées sur ses bras nus, poissés de jus sucré. Elle demanda, inquiète :

« Qu'est-ce que vous avez, mon ami ; vous n'êtes pas malade ? »

Il reprit :

« Non, ma chère amie, mais je veux vous demander une chose qui a pour moi beaucoup d'importance, et qui me torture le cœur. Me promettez-vous de me répondre franchement ? »

Elle sourit.

« Je suis toujours franche. Dites.

— Voilà. Je vous ai aimée du jour où je vous ai vue. Vous en étiez-vous doutée ? »

Elle répondit en riant, avec quelque chose de l'intonation d'autrefois :

« Gros bête, va ! Je l'ai bien vu du premier jour ! »

Saval se mit à trembler ; il balbutia :

« Vous le saviez ?... Alors... »

Et il se tut.

Elle demanda :

« Alors ?... Quoi ? »

Il reprit :

« Alors... que pensiez-vous ?... que... que... Qu'auriez-vous répondu ? »

Elle rit plus fort. Des gouttes de sirop lui coulaient au bout des doigts et tombaient sur le parquet.

« Moi ?... Mais vous ne m'avez rien demandé. Ce n'était pas à moi de vous faire une déclaration ! »

Alors il fit un pas vers elle :

« Dites-moi... dites-moi... Vous rappelez-vous ce jour où Sandres s'est endormi sur l'herbe après déjeuner... où nous avons été ensemble, jusqu'au tournant, là-bas... »

Il attendit. Elle avait cessé de rire et le regardait dans les yeux :

« Mais certainement, je me le rappelle. »

Il reprit en frissonnant :

« Eh bien... ce jour-là... si j'avais été... si j'avais été... entreprenant... qu'est-ce que vous auriez fait ? »

Elle se mit à sourire en femme qui ne regrette rien, et elle répondit franchement, d'une voix claire où pointait une ironie :

« J'aurais cédé, mon ami. »

Puis elle tourna ses talons et s'enfuit vers ses confitures.

Saval ressortit dans la rue, atterré comme après un désastre. Il filait à grands pas sous la pluie, droit devant lui, descendant vers la rivière, sans songer où il allait. Quand il arriva sur la berge, il tourna à droite et la suivit. Il marcha longtemps, comme poussé par un instinct. Ses vêtements ruisselaient d'eau, son chapeau déformé, mou comme une loque, dégouttait à la façon d'un toit. Il allait toujours, toujours devant lui. Et il se trouva sur la place où ils avaient déjeuné au jour lointain dont le souvenir lui torturait le cœur.

Alors il s'assit sous les arbres dénudés, et il pleura.

MON ONCLE JULES[1]

A M. Achille Bénouville[2].

Un vieux pauvre, à barbe blanche, nous demanda l'aumône. Mon camarade Joseph Davranche lui donna cent sous. Je fus surpris. Il me dit :

« Ce misérable m'a rappelé une histoire que je vais te dire et dont le souvenir me poursuit sans cesse. La voici :

Ma famille, originaire du Havre, n'était pas riche. On s'en tirait, voilà tout. Le père travaillait, rentrait tard du bureau et ne gagnait pas grand-chose. J'avais deux sœurs.

Ma mère souffrait beaucoup de la gêne où nous vivions, et elle trouvait souvent des paroles aigres pour son mari, des reproches voilés et perfides. Le pauvre homme avait alors un geste qui me navrait. Il se passait la main ouverte sur le front, comme pour essuyer une sueur qui n'existait pas, et il ne répondait rien. Je sentais sa douleur impuissante. On économisait sur tout ; on n'acceptait jamais un dîner, pour n'avoir pas à le rendre ; on achetait des provisions au rabais, les fonds de boutique. Mes sœurs faisaient leurs robes elles-mêmes et avaient de longues discussions sur le prix d'un galon qui valait quinze centimes le mètre. Notre nourriture ordinaire consistait en soupe grasse et bœuf accommodé à toutes les sauces. Cela est sain et réconfortant, paraît-il ; j'aurais préféré autre chose.

On me faisait des scènes abominables pour les boutons perdus et les pantalons déchirés.

Mais chaque dimanche nous allions faire notre tour de jetée en grande tenue. Mon père, en redingote, en grand chapeau, en gants, offrait le bras à ma mère, pavoisée comme un navire un jour de fête. Mes sœurs, prêtes les premières, attendaient le signal du départ ; mais, au dernier moment, on découvrait toujours une tache oubliée sur la redingote du père de famille, et il fallait bien vite l'effacer avec un chiffon mouillé de benzine.

Mon père, gardant son grand chapeau sur la tête, attendait, en manches de chemise, que l'opération fût terminée, tandis que ma mère se hâtait, ayant ajusté ses lunettes de myope et ôté ses gants pour ne pas les gâter.

On se mettait en route avec cérémonie. Mes sœurs marchaient devant, en se donnant le bras. Elles étaient en âge de mariage, et on en faisait montre en ville. Je me tenais à gauche de ma mère, dont mon père gardait la droite, et je me rappelle l'air pompeux de mes pauvres parents dans ces promenades du dimanche, la rigidité de leurs traits, la sévérité de leur allure. Ils avançaient, d'un pas grave, le corps droit, les jambes raides, comme si une affaire d'une importance extrême eût dépendu de leur tenue.

Et chaque dimanche, en voyant entrer les grands navires qui revenaient de pays inconnus et lointains, mon père prononçait invariablement les mêmes paroles :

« Hein ! si Jules était là-dedans, quelle surprise ! »

Mon oncle Jules, le frère de mon père, était le seul espoir de la famille, après en avoir été la terreur. J'avais entendu parler de lui depuis mon enfance, et il me semblait que je l'aurais reconnu du premier coup, tant sa pensée m'était devenue familière. Je savais tous les détails de son existence jusqu'au jour de son départ pour l'Amérique, bien qu'on ne parlât qu'à voix basse de cette période de sa vie.

Il avait eu, paraît-il, une mauvaise conduite, c'est-à-dire qu'il avait mangé quelque argent, ce qui est bien le plus grand des crimes pour les familles pauvres. Chez les riches, un homme qui s'amuse *fait des bêtises*. Il est ce qu'on appelle, en souriant, un noceur. Chez les nécessiteux, un garçon qui force ses parents à écorner le capital devient un mauvais sujet, un gueux, un drôle !

Et cette distinction est juste, bien que le fait soit le même, car les conséquences seules déterminent la gravité de l'acte.

Enfin l'oncle Jules avait notablement diminué l'héritage sur lequel comptait mon père ; après avoir d'ailleurs mangé sa part jusqu'au dernier sou.

On l'avait embarqué pour l'Amérique, comme on faisait alors, sur un navire marchand allant du Havre à New York.

Une fois là-bas, mon oncle Jules s'établit marchand de je ne sais quoi, et il écrivit bientôt qu'il gagnait un peu d'argent et qu'il espérait pouvoir dédommager mon père du tort qu'il lui avait fait. Cette lettre causa dans la famille une émotion profonde. Jules, qui ne valait pas, comme on dit, les quatre fers d'un chien, devint tout à coup un honnête homme, un garçon de cœur, un vrai

Davranche, intègre comme tous les Davranche.

Un capitaine nous apprit en outre qu'il avait loué une grande boutique et qu'il faisait un commerce important.

Une seconde lettre, deux ans plus tard, disait : « Mon cher Philippe, je t'écris pour que tu ne t'inquiètes pas de ma santé, qui est bonne. Les affaires aussi vont bien. Je pars demain pour un long voyage en Amérique du Sud. Je serai peut-être plusieurs années sans te donner de mes nouvelles. Si je ne t'écris pas, ne sois pas inquiet. Je reviendrai au Havre une fois fortune faite. J'espère que ce ne sera pas trop long, et nous vivrons heureux ensemble... »

Cette lettre était devenue l'évangile de la famille. On la lisait à tout propos, on la montrait à tout le monde.

Pendant dix ans, en effet, l'oncle Jules ne donna plus de nouvelles ; mais l'espoir de mon père grandissait à mesure que le temps marchait ; et ma mère aussi disait souvent :

« Quand ce bon Jules sera là, notre situation changera. En voilà un qui a su se tirer d'affaire ! »

Et chaque dimanche, en regardant venir de l'horizon les gros vapeurs noirs vomissant sur le ciel des serpents de fumée, mon père répétait sa phrase éternelle :

« Hein ! si Jules était là-dedans, quelle surprise ! »

Et on s'attendait presque à le voir agiter un mouchoir, et crier :

« Ohé ! Philippe. »

On avait échafaudé mille projets sur ce retour assuré ; on devait même acheter, avec l'argent de l'oncle, une petite maison de campagne près d'Ingouville[1]. Je n'affirmerais pas que mon père n'eût point entamé déjà des négociations à ce sujet.

L'aînée de mes sœurs avait alors vingt-huit ans ; l'autre vingt-six. Elles ne se mariaient pas, et c'était là un gros chagrin pour tout le monde.

Un prétendant enfin se présenta pour la seconde. Un employé, pas riche, mais honorable. J'ai toujours eu la conviction que la lettre de l'oncle Jules, montrée un soir, avait terminé les hésitations et emporté la résolution du jeune homme.

On l'accepta avec empressement, et il fut décidé qu'après le mariage toute la famille ferait ensemble un petit voyage à Jersey.

Jersey est l'idéal du voyage pour les gens pauvres. Ce n'est pas loin ; on passe la mer dans un paquebot et on est en terre étrangère, cet îlot appartenant aux Anglais. Donc, un Français, avec deux heures de navigation, peut s'offrir la vue d'un peuple voisin chez lui et étudier les mœurs, déplorables d'ailleurs, de cette île couverte par le pavillon britannique, comme disent les gens qui parlent avec simplicité.

Ce voyage de Jersey devint notre préoccupation, notre unique attente, notre rêve de tous les instants.

On partit enfin. Je vois cela comme si c'était d'hier : le vapeur chauffant contre le quai de Granville ; mon père, effaré, surveillant l'embarquement de nos trois colis ; ma mère inquiète ayant pris le bras de ma sœur non mariée, qui semblait perdue depuis le départ de l'autre, comme un poulet resté seul de sa couvée ; et, derrière nous, les nouveaux époux qui restaient toujours en arrière, ce qui me faisait souvent tourner la tête.

Le bâtiment siffla. Nous voici montés, et le navire, quittant la jetée, s'éloigna sur une mer plate comme une table de marbre vert. Nous regardions les côtes s'enfuir, heureux et fiers comme tous ceux qui voyagent peu.

Mon père tendait son ventre, sous sa redingote dont on avait, le matin même, effacé avec soin toutes les taches, et il répandait autour de lui cette odeur de benzine des jours de sortie, qui me faisait reconnaître les dimanches.

Tout à coup, il avisa deux dames élégantes à qui deux messieurs offraient des huîtres. Un vieux matelot déguenillé ouvrait d'un coup de couteau les coquilles et les passait aux messieurs, qui les tendaient ensuite aux dames. Elles mangeaient d'une manière délicate, en tenant l'écaille sur un mouchoir fin et en avançant la bouche pour ne point tacher leurs robes. Puis elles buvaient l'eau d'un petit mouvement rapide et jetaient la coquille à la mer.

Mon père, sans doute, fut séduit par cet acte distingué de manger des huîtres sur un navire en marche. Il trouva cela bon genre, raffiné, supérieur, et il s'approcha de ma mère et de mes sœurs en demandant :

« Voulez-vous que je vous offre quelques huîtres ? »

Ma mère hésitait, à cause de la dépense ; mais mes deux sœurs acceptèrent tout de suite. Ma mère dit, d'un ton contrarié :

« J'ai peur de me faire mal à l'estomac. Offre ça aux enfants seulement, mais pas trop, tu les rendrais malades. »

Puis, se tournant vers moi, elle ajouta :

« Quant à Joseph, il n'en a pas besoin ; il ne faut point gâter les garçons. »

Je restai donc à côté de ma mère, trouvant injuste cette distinction. Je suivais de l'œil mon père, qui conduisait pompeusement ses deux filles et son gendre vers le vieux matelot déguenillé.

Les deux dames venaient de partir, et mon père indiquait à mes sœurs comment il fallait s'y prendre pour manger sans laisser couler l'eau ; il voulut même donner l'exemple et il s'empara d'une huître. En essayant d'imiter les dames, il renversa immédiatement tout le liquide sur sa redingote et j'entendis ma mère murmurer :

« Il ferait mieux de se tenir tranquille. »

Mais tout à coup mon père me parut inquiet ; il s'éloigna de quelques pas, regarda fixement sa famille pressée autour de l'écailleur, et, brusquement, il vint vers nous. Il me sembla fort pâle, avec des yeux singuliers. Il dit, à mi-voix, à ma mère :

« C'est extraordinaire, comme cet homme qui ouvre les huîtres ressemble à Jules. »

Ma mère, interdite, demanda :

« Quel Jules ? »

Mon père reprit :

« Mais... mon frère... Si je ne le savais pas en bonne position, en Amérique, je croirais que c'est lui. »

Ma mère, effarée, balbutia :

« Tu es fou ! Du moment que tu sais bien que ce n'est pas lui, pourquoi dire ces bêtises-là ? »

Mais mon père insistait :

« Va donc le voir, Clarisse ; j'aime mieux que tu t'en assures toi-même, de tes propres yeux. »

Elle se leva et alla rejoindre ses filles. Moi aussi, je regardais l'homme. Il était vieux, sale, tout ridé, et ne détournait pas le regard de sa besogne.

Ma mère revint. Je m'aperçus qu'elle tremblait. Elle prononça très vite :

« Je crois que c'est lui. Va donc demander des renseignements au capitaine. Surtout, sois prudent, pour que ce garnement ne nous retombe pas sur les bras, maintenant ! »

Mon père s'éloigna, mais je le suivis. Je me sentais étrangement ému.

Le capitaine, un grand monsieur, maigre, à longs favoris, se promenait sur la passerelle d'un air important, comme s'il eût commandé le courrier des Indes[1].

Mon père l'aborda avec cérémonie, en l'interrogeant sur son métier avec accompagnement de compliments :

« Quelle était l'importance de Jersey ? Ses productions ? Sa population ? Ses mœurs ? Ses coutumes ? La nature du sol », etc., etc.

On eût cru qu'il s'agissait au moins des États-Unis d'Amérique.

Puis on parla du bâtiment qui nous portait, l'*Express* ; puis on en vint à l'équipage. Mon père, enfin, d'une voix troublée :

« Vous avez là un vieil écailleur d'huîtres qui paraît bien intéressant. Savez-vous quelques détails sur ce bonhomme ? »

Le capitaine, que cette conversation finissait pas irriter, répondit sèchement :

« C'est un vieux vagabond français que j'ai trouvé en Amérique l'an dernier, et que j'ai rapatrié. Il a, paraît-il, des parents au Havre, mais il ne veut pas retourner près d'eux, parce qu'il leur doit de l'argent. Il s'appelle Jules... Jules Darmanche ou Darvanche, quelque chose comme ça, enfin. Il paraît qu'il a été riche un moment là-bas, mais vous voyez où il en est réduit maintenant. »

Mon père, qui devenait livide, articula, la gorge serrée, les yeux hagards :

« Ah ! ah ! très bien..., fort bien... Cela ne m'étonne pas... Je vous remercie beaucoup, capitaine. »

Et il s'en alla, tandis que le marin le regardait s'éloigner avec stupeur.

Il revint auprès de ma mère, tellement décomposé qu'elle lui dit :

« Assieds-toi ; on va s'apercevoir de quelque chose. »

Il tomba sur le banc en bégayant :

« C'est lui, c'est bien lui ! »

Puis il demanda :

« Qu'allons nous faire ?... »

Elle répondit vivement :

« Il faut éloigner les enfants. Puisque Joseph sait tout, il va aller les chercher. Il faut prendre garde surtout que notre gendre ne se doute de rien. »

Mon père paraissait atterré. Il murmura :

« Quelle catastrophe ! »

Ma mère ajouta, devenue tout à coup furieuse :

« Je me suis toujours doutée que ce voleur ne ferait rien, et qu'il nous retomberait sur le dos ! Comme si on pouvait attendre quelque chose d'un Davranche !... »

Et mon père se passa la main sur le front, comme il faisait sous les reproches de sa femme.

Elle ajouta :

« Donne de l'argent à Joseph pour qu'il aille payer ces huîtres, à présent. Il ne manquerait plus que d'être reconnus par ce mendiant. Cela ferait un joli effet sur le navire. Allons-nous-en à l'autre bout, et fais en sorte que cet homme n'approche pas de nous ! »

Elle se leva, et ils s'éloignèrent après m'avoir remis une pièce de cent sous.

Mes sœurs, surprises, attendaient leur père. J'affirmai que maman s'était trouvée un peu gênée par la mer, et je demandai à l'ouvreur d'huîtres :

« Combien est-ce que nous vous devons, monsieur ? »

J'avais envie de dire : « mon oncle. »

Il répondit :

« Deux francs cinquante. »

Je tendis mes cent sous et il me rendit la monnaie.

Je regardais sa main, une pauvre main de matelot, toute plissée, et je regardais son visage, un vieux et misérable visage, triste, accablé, en me disant :

« C'est mon oncle, le frère de papa, mon oncle ! »

Je lui laissai dix sous de pourboire. Il me remercia :

« Dieu vous bénisse, mon jeune monsieur ! »

Avec l'accent d'un pauvre qui reçoit l'aumône. Je pensai qu'il avait dû mendier, là-bas !

Mes sœurs me contemplaient, stupéfaites de ma générosité.

Quand je remis les deux francs à mon père, ma mère, surprise, demanda :

« Il y en avait pour trois francs ?... Ce n'est pas possible. »

Je déclarai d'une voix ferme :

« J'ai donné dix sous de pourboire. »

Ma mère eut un sursaut et me regarda dans les yeux :

« Tu es fou ! Donner dix sous à cet homme, à ce gueux !... »

Elle s'arrêta sous un regard de mon père, qui désignait son gendre.

Puis on se tut.

Devant nous, à l'horizon, une ombre violette semblait sortir de la mer. C'était Jersey.

Lorqu'on approcha des jetées, un désir violent me vint au cœur de voir encore une fois mon oncle Jules, de m'approcher, de lui dire quelque chose de consolant, de tendre.

Mais, comme personne ne mangeait plus d'huîtres, il avait disparu, descendu sans doute au fond de la cale infecte où logeait ce misérable.

Et nous sommes revenus par le bateau de Saint-Malo, pour ne pas le rencontrer. Ma mère était dévorée d'inquiétude.

Je n'ai jamais revu le frère de mon père !

Voilà pourquoi tu me verras quelquefois donner cent sous aux vagabonds.

EN VOYAGE[1]

I

A Gustave Toudouze[2].

LE wagon était au complet depuis Cannes ; on causait, tout le monde se connaissant. Lorsqu'on passa Tarascon, quelqu'un dit : « C'est ici qu'on assassine. » Et on se mit à parler du mystérieux et insaisissable meurtrier qui, depuis deux ans, s'offre, de temps en temps, la vie d'un voyageur[3]. Chacun faisait des suppositions, chacun donnait son avis ; les femmes regardaient en frissonnant la nuit sombre derrière les vitres, avec la peur de voir apparaître soudain une tête d'homme à la portière. Et on se mit à raconter des histoires effrayantes de mauvaises rencontres, des tête-à-tête avec des fous dans un rapide, des heures passées en face d'un personnage suspect.

Chaque homme savait une anecdote à son honneur, chacun avait intimidé, terrassé et garrotté quelque malfaiteur en des circonstances surprenantes, avec une présence d'esprit et une audace admirables. Un médecin, qui passait chaque hiver dans le Midi, voulut à son tour conter une aventure :

— Moi, dit-il, je n'ai jamais eu la chance d'expérimenter mon courage dans une affaire de cette sorte ; mais j'ai connu une femme, une de mes clientes, morte aujourd'hui, à qui arriva la plus singulière chose du monde, et aussi la plus mystérieuse et la plus attendrissante.

C'était une Russe, la comtesse Marie Baranow, une très grande dame, d'une exquise beauté. Vous savez comme les Russes sont belles, du moins comme elles nous semblent belles, avec leur nez fin, leur bouche délicate, leurs yeux rapprochés, d'une indéfinissable couleur, d'un bleu gris, et leur grâce froide, un peu dure ! Elles ont quelque chose de méchant et de séduisant, d'altier et de doux, de tendre et de sévère, tout à fait charmant pour un Français. Au fond, c'est peut-être seulement la différence de race et de type qui me fait voir tant de choses en elles.

Son médecin, depuis plusieurs années, la voyait menacée d'une maladie de poitrine et tâchait de la décider à venir dans le Midi de la France ; mais elle refusait obstinément de quitter Petersbourg. Enfin l'automne dernier, la jugeant perdue, le docteur prévint le mari qui ordonna aussitôt à sa femme de partir pour Menton.

`Elle prit le train, seule dans son wagon, ses gens de service occupant un autre compartiment. Elle restait contre la portière, un peu triste, regardant passer les campagnes et les villages, se sentant bien isolée, bien abandonnée dans la vie, sans enfants, presque sans parents, avec un mari dont l'amour était mort et qui la jetait ainsi au bout du monde sans venir avec elle, comme on envoie à l'hôpital un valet malade.

A chaque station, son serviteur Ivan venait s'informer si rien ne manquait à sa maîtresse. C'était un vieux domestique aveuglément dévoué, prêt à accomplir tous les ordres qu'elle lui donnerait.

La nuit tomba, le convoi roulait à toute vitesse. Elle ne pouvait dormir, énervée à l'excès. Soudain la pensée lui vint de compter l'argent que son mari lui avait remis à la dernière minute, en or de France. Elle ouvrit son petit sac, et vida sur ses genoux le flot luisant de métal.

Mais tout à coup un souffle d'air froid lui frappa le visage. Surprise, elle leva la tête. La portière venait de s'ouvrir. La comtesse Marie, éperdue, jeta brusquement un châle sur son argent répandu dans sa robe, et attendit. Quelques secondes s'écoulèrent, puis un homme parut, nu tête, blessé à la main, haletant, en costume de soirée. Il referma la porte, s'assit, regarda sa voisine avec des yeux luisants, puis enveloppa d'un mouchoir son poignet dont le sang coulait.

La jeune femme se sentait défaillir de peur. Cet homme, certes, l'avait vue compter son or, et il était venu pour la voler et la tuer.

Il la fixait toujours, essoufflé, le visage convulsé, prêt à bondir sur elle sans doute.

Il dit brusquement :

« Madame, n'ayez pas peur ! »

Elle ne répondit rien, incapable d'ouvrir la bouche, entendant son cœur battre et ses oreilles bourdonner.

Il reprit :

« Je ne suis pas un malfaiteur, madame. »

Elle ne disait toujours rien, mais, dans un brusque mouvement qu'elle fit, ses genoux s'étant rapprochés, son or se mit à couler sur le tapis comme l'eau coule d'une gouttière.

L'homme, surpris, regardait ce ruisseau de métal,

et il se baissa tout à coup pour le ramasser.

Elle, effarée, se leva, jetant à terre toute sa fortune, et elle courut à la portière pour se précipiter sur la voie. Mais il comprit ce qu'elle allait faire, s'élança, la saisit dans ses bras, la fit asseoir de force, et la maintenant par les poignets : « Écoutez-moi, madame, je ne suis pas un malfaiteur, et, la preuve, c'est que je vais ramasser cet argent et vous le rendre. Mais je suis un homme perdu, un homme mort, si vous ne m'aidez pas à passer la frontière. Je ne puis vous en dire davantage. Dans une heure, nous serons à la dernière station russe ; dans une heure vingt, nous franchirons la limite de l'Empire. Si vous ne me secourez point, je suis perdu. Et cependant, madame, je n'ai ni tué, ni volé, ni rien fait de contraire à l'honneur. Cela je vous le jure. Je ne puis vous en dire davantage. »

Et, se mettant à genoux, il ramassa l'or jaune sous les banquettes, cherchant les dernières pièces roulées au loin. Puis, quand ce petit sac de cuir fut plein de nouveau, il le remit à sa voisine sans ajouter un mot, et il retourna s'asseoir à l'autre coin du wagon.

Ils ne remuaient plus ni l'un ni l'autre. Elle demeurait immobile et muette, encore défaillante de terreur, mais s'apaisant peu à peu. Quant à lui, il ne faisait pas un geste, pas un mouvement ; il restait droit, les yeux fixés devant lui, très pâle, comme s'il eût été mort. De temps en temps elle jetait vers lui un regard brusque, vite détourné. C'était un homme de trente ans environ, fort beau, avec toute l'apparence d'un gentilhomme.

Le train courait dans les ténèbres, jetait par la nuit ses appels déchirants, ralentissait parfois sa marche, puis repartait à toute vitesse. Mais soudain il calma son allure, siffla plusieurs fois et s'arrêta tout à fait.

Ivan parut à la portière afin de prendre les ordres.

La comtesse Marie, la voix tremblante, considéra une dernière fois son étrange compagnon, puis elle dit à son serviteur, d'une voix brusque :

« Ivan, tu vas retourner près du comte, je n'ai plus besoin de toi. »

L'homme, interdit, ouvrait des yeux énormes. Il balbutia :

« Mais... barine. »

Elle reprit :

« Non, tu ne viendras pas, j'ai changé d'avis. Je veux que tu restes en Russie. Tiens, voici de l'argent pour retourner. Donne-moi ton bonnet et ton manteau. »

Le vieux domestique, effaré, se décoiffa et tendit son manteau, obéissant toujours sans répondre, habitué aux volontés soudaines et aux irrésistibles caprices des maîtres. Et il s'éloigna, les larmes aux yeux.

Le train repartit, courant à la frontière.

Alors la comtesse Marie dit à son voisin :

« Ces choses sont pour vous, monsieur, vous êtes Ivan, mon serviteur. Je ne mets qu'une condition à ce que je fais : c'est que vous ne me parlerez jamais, que vous ne me direz pas un mot, ni pour me remercier, ni pour quoi que ce soit. »

L'inconnu s'inclina sans prononcer une parole.

Bientôt on s'arrêta de nouveau et des fonctionnaires en uniforme visitèrent le train. La comtesse leur tendit les papiers et montrant l'homme assis au fond de son wagon :

« C'est mon domestique Ivan, dont voici le passeport. »

Le train se remit en route.

Pendant toute la nuit, ils restèrent en tête-à-tête, muets tous deux.

Le matin venu, comme on s'arrêtait dans une gare allemande, l'inconnu descendit ; puis, debout à la portière :

« Pardonnez-moi, madame, de rompre ma promesse ; mais je vous ai privée de votre domestique, il est juste que je le remplace. N'avez-vous besoin de rien ? »

Elle répondit froidement :

« Allez chercher ma femme de chambre. »

Il y alla. Puis disparut.

Quand elle descendait à quelque buffet, elle l'apercevait de loin qui la regardait. Ils arrivèrent à Menton.

II

Le docteur se tut une seconde, puis reprit :

— Un jour, comme je recevais mes clients dans mon cabinet, je vis entrer un grand garçon qui me dit :

« Docteur, je viens vous demander des nouvelles de la comtesse Marie Baranow. Je suis, bien qu'elle ne me connaisse point, un ami de son mari. »

Je répondis :

« Elle est perdue. Elle ne retournera pas en Russie. »

Et cet homme brusquement se mit à sangloter, puis il se leva et sortit en trébuchant comme un ivrogne.

Je prévins, le soir même, la comtesse qu'un étranger était venu m'interroger sur sa santé. Elle parut émue et me raconta toute l'histoire que je viens de vous dire. Elle ajouta :

« Cet homme que je ne connais point me suit maintenant comme mon ombre, je le rencontre chaque fois que je sors ; il me regarde d'une étrange façon, mais il ne m'a jamais parlé. »

Elle réfléchit, puis ajouta :

« Tenez, je parie qu'il est sous mes fenêtres. »

Elle quitta sa chaise longue, alla écarter les rideaux et me montra en effet l'homme qui était venu me trouver, assis sur un banc de la promenade, les yeux levés vers l'hôtel. Il nous aperçut, se leva et s'éloigna sans retourner une fois la tête.

Alors, j'assistai à une chose surprenante et douloureuse, à l'amour muet de ces deux êtres qui ne se connaissaient point.

Il l'aimait, lui, avec le dévouement d'une bête sauvée, reconnaissante et dévouée à la mort. Il venait chaque jour me dire : « Comment va-t-elle ? » comprenant que je l'avais deviné. Et il pleurait affreusement quand il l'avait vue passer plus faible et plus pâle chaque jour.

Elle me disait :

« Je ne lui ai parlé qu'une fois, à ce singulier homme, et il me semble que je le connais depuis vingt ans. »

Et quand ils se rencontraient, elle lui rendait son salut avec un sourire grave et charmant. Je la sentais heureuse, elle si abandonnée et qui se savait perdue, je la sentais heureuse d'être aimée ainsi, avec ce respect et cette constance, avec cette poésie exagérée, avec ce dévouement prêt à tout. Et pourtant, fidèle à son obstination d'exaltée, elle refusait désespérément de le recevoir, de connaître son nom, de lui parler. Elle disait : « Non, non, cela me gâterait cette étrange amitié. Il faut que nous demeurions étrangers l'un à l'autre. »

Quant à lui, il était certes également une sorte de Don Quichotte, car il ne fit rien pour se rapprocher d'elle. Il voulait tenir jusqu'au bout l'absurde promesse de ne lui jamais parler qu'il avait faite dans le wagon.

Souvent, pendant ses longues heures de faiblesse, elle se levait de sa chaise longue et allait entrouvrir

214

son rideau pour regarder s'il était là, sous sa fenêtre. Et quand elle l'avait vu, toujours immobile sur
son banc, elle revenait se coucher avec un sourire
aux lèvres.

Elle mourut un matin, vers dix heures. Comme je
sortais de l'hôtel, il vint à moi, le visage bouleversé ; il savait déjà la nouvelle.

« Je voudrais la voir une seconde, devant vous »,
dit-il.

Je lui pris le bras et rentrai dans la maison.

Quand il fut devant le lit de la morte, il lui saisit
la main et la baisa d'un interminable baiser, puis il
se sauva comme un insensé.

Le docteur se tut de nouveau, et reprit :

— Voilà, certes, la plus singulière aventure de
chemin de fer que je connaisse. Il faut dire aussi
que les hommes sont des drôles de toqués.

Une femme murmura à mi-voix :

« Ces deux êtres-là ont été moins fous que vous
ne croyez... Ils étaient... Ils étaient... »

Mais elle ne pouvait plus parler, tant elle pleurait. Comme on changea de conversation pour la
calmer, on ne sut pas ce qu'elle voulait dire.

LA MÈRE SAUVAGE[1]

I

A Georges Pouchet[2].

Je n'étais point revenu à Virelogne[3] depuis quinze ans. J'y retournai chasser, à l'automne, chez mon ami Serval, qui avait enfin fait reconstruire son château, détruit par les Prussiens.

J'aimais ce pays infiniment. Il est des coins du monde délicieux qui ont pour les yeux un charme sensuel. On les aime d'un amour physique. Nous gardons, nous autres que séduit la terre, des souvenirs tendres pour certaines sources, certains bois, certains étangs, certaines collines, vus souvent et qui nous ont attendris à la façon des événements heureux. Quelquefois même la pensée retourne vers un coin de forêt, ou un bout de berge, ou un verger poudré de fleurs, aperçus une seule fois, par un jour gai, et restés en notre cœur comme ces images de femmes rencontrées dans la rue, un matin de printemps, avec une toilette claire et transparente, et qui nous laissent dans l'âme et dans la chair un désir inapaisé, inoubliable, la sensation du bonheur coudoyé.

A Virelogne, j'aimais toute la campagne, semée de petits bois et traversée par des ruisseaux qui couraient dans le sol comme des veines, portant le sang à la terre. On pêchait là-dedans des écrevisses, des truites et des anguilles ! Bonheur divin ! On pouvait se baigner par places, et on trouvait souvent des bécassines dans les hautes herbes qui poussaient sur les bords de ces minces cours d'eau.

J'allais, léger, comme une chèvre, regardant mes deux chiens fourrager devant moi. Serval, à cent mètres sur ma droite, battait un champ de luzerne. Je tournai les buissons qui forment la limite du bois des Saudres, et j'aperçus une chaumière en ruine.

Tout à coup, je me la rappelai telle que je l'avais vue pour la dernière fois, en 1869, propre, vêtue de vignes, avec des poules devant la porte. Quoi de plus triste qu'une maison morte, avec son squelette debout, délabré, sinistre ?

Je me rappelai aussi qu'une bonne femme m'avait fait boire un verre de vin là-dedans, un jour de grande fatigue, et que Serval m'avait dit alors l'histoire des habitants. Le père, vieux braconnier, avait été tué par les gendarmes. Le fils, que j'avais vu autrefois, était un grand garçon sec qui passait également pour un féroce destructeur de gibier. On les appelait les Sauvage.

Était-ce un nom ou un sobriquet ?

Je hélai Serval. Il s'en vint de son long pas d'échassier.

Je lui demandais :

« Que sont devenus les gens de là ? »

Et il me conta cette aventure.

II

Lorsque la guerre fut déclarée, le fils Sauvage, qui avait alors trente-trois ans, s'engagea, laissant la mère seule au logis. On ne la plaignait pas trop, la vieille, parce qu'elle avait de l'argent, on le savait.

Elle resta donc toute seule dans cette maison isolée si loin du village, sur la lisière du bois. Elle n'avait pas peur, du reste, étant de la même race que ses hommes, une rude vieille, haute et maigre, qui ne riait pas souvent et avec qui on ne plaisantait point. Les femmes des champs ne rient guère d'ailleurs. C'est affaire aux hommes, cela ! Elles ont l'âme triste et bornée, ayant une vie morne et sans éclaircie. Le paysan apprend un peu de gaieté bruyante au cabaret, mais sa compagne reste sérieuse avec une physionomie constamment sévère. Les muscles de leur face n'ont point appris les mouvements du rire.

La mère Sauvage continua son existence ordinaire dans sa chaumière, qui fut bientôt couverte par les neiges. Elle s'en venait au village, une fois par semaine, chercher du pain et un peu de viande ; puis elle retournait dans sa masure. Comme on parlait des loups, elle sortait le fusil au dos, le fusil du fils, rouillé, avec la crosse usée par le frottement

219

de la main ; et elle était curieuse à voir, la grande Sauvage, un peu courbée, allant à lentes enjambées par la neige, le canon de l'arme dépassant la coiffe noire qui lui serrait la tête et emprisonnait ses cheveux blancs, que personne n'avait jamais vus.

Un jour les Prussiens arrivèrent. On les distribua aux habitants, selon la fortune et les ressources de chacun. La vieille, qu'on savait riche, en eut quatre.

C'étaient quatre gros garçons à la chair blonde, à la barbe blonde, aux yeux bleus, demeurés gras malgré les fatigues qu'ils avaient endurées déjà, et bons enfants, bien qu'en pays conquis. Seuls chez cette femme âgée, ils se montrèrent pleins de prévenances pour elle, lui épargnant, autant qu'ils le pouvaient, des fatigues et des dépenses. On les voyait tous les quatre faire leur toilette autour du puits, le matin, en manches de chemise, mouillant à grande eau, dans le jour cru des neiges, leur chair blanche et rose d'hommes du Nord, tandis que la mère Sauvage allait et venait, préparant la soupe. Puis on les voyait nettoyer la cuisine, frotter les carreaux, casser du bois, éplucher les pommes de terre, laver le linge, accomplir toutes les besognes de la maison, comme quatre bons fils autour de leur mère.

Mais elle pensait sans cesse au sien, la vieille, à son grand maigre au nez crochu, aux yeux bruns, à la forte moustache qui faisait sur sa lèvre un bourrelet de poils noirs. Elle demandait chaque jour, à chacun des soldats installés à son foyer :

« Savez-vous où est parti le régiment français, vingt-troisième de marche ? Mon garçon est dedans. »

Ils répondaient : « Non, bas su, bas savoir tu tout. » Et, comprenant sa peine et ses inquiétudes, eux qui avaient des mères là-bas, ils lui rendaient

220

mille petits soins. Elle les aimait bien, d'ailleurs, ses quatre ennemis ; car les paysans n'ont guère les haines patriotiques ; cela n'appartient qu'aux classes supérieures. Les humbles, ceux qui paient le plus parce qu'ils sont pauvres et que toute charge nouvelle les accable, ceux qu'on tue par masses, qui forment la vraie chair à canon, parce qu'ils sont le nombre, ceux qui souffrent enfin le plus cruellement des atroces misères de la guerre, parce qu'ils sont les plus faibles et les moins résistants, ne comprennent guère ces ardeurs belliqueuses, ce point d'honneur excitable et ces prétendues combinaisons politiques qui épuisent en six mois deux nations, la victorieuse comme la vaincue.

On disait dans le pays, en parlant des Allemands de la mère Sauvage :

« En v'là quatre qu'ont trouvé leur gîte. »

Or, un matin, comme la vieille femme était seule au logis, elle aperçut au loin dans la plaine un homme qui venait vers sa demeure. Bientôt elle le reconnut, c'était le piéton[1] chargé de distribuer les lettres. Il lui remit un papier plié et elle tira de son étui les lunettes dont elle se servait pour coudre ; puis elle lut :

« Madame Sauvage, la présente est pour vous porter une triste nouvelle. Votre garçon Victor a été tué hier par un boulet, qui l'a censément coupé en deux parts. J'étais tout près, vu que nous nous trouvions côte à côte dans la compagnie et qu'il me parlait de vous pour vous prévenir au jour même s'il lui arrivait malheur.

« J'ai pris dans sa poche sa montre pour vous la reporter quand la guerre sera finie.

« Je vous salue amicalement.

« CÉSAIRE RIVOT,

« Soldat de 2e classe au 23e de marche. »

221

La lettre était datée de trois semaines.

Elle ne pleurait point. Elle demeurait immobile, tellement saisie, hébétée, qu'elle ne souffrait même pas encore. Elle pensait : « V'là Victor qu'est tué, maintenant. » Puis peu à peu les larmes montèrent à ses yeux, et la douleur envahit son cœur. Les idées lui venaient une à une, affreuses, torturantes. Elle ne l'embrasserait plus, son enfant, son grand, plus jamais ! Les gendarmes avaient tué le père, les Prussiens avaient tué le fils... Il avait été coupé en deux par un boulet. Et il lui semblait qu'elle voyait la chose, la chose horrible : la tête tombant, les yeux ouverts, tandis qu'il mâchait le coin de sa grosse moustache, comme il faisait aux heures de colère.

Qu'est-ce qu'on avait fait de son corps, après ? Si seulement on lui avait rendu son enfant, comme on lui avait rendu son mari, avec sa balle au milieu du front ?

Mais elle entendit un bruit de voix. C'étaient les Prussiens qui revenaient du village. Elle cacha bien vite la lettre dans sa poche et elle les reçut tranquillement avec sa figure ordinaire, ayant eu le temps de bien essuyer ses yeux.

Ils riaient tous les quatre, enchantés, car ils rapportaient un beau lapin, volé sans doute, et ils faisaient signe à la vieille qu'on allait manger quelque chose de bon.

Elle se mit tout de suite à la besogne pour préparer le déjeuner ; mais, quand il fallut tuer le lapin, le cœur lui manqua. Ce n'était pas le premier pourtant ! Un des soldats l'assomma d'un coup de poing derrière les oreilles.

Une fois la bête morte, elle fit sortir le corps rouge de la peau ; mais la vue du sang qu'elle maniait, qui lui couvrait les mains, du sang tiède qu'elle sentait se refroidir et se coaguler, la faisait

222

trembler de la tête aux pieds ; et elle voyait toujours son grand coupé en deux, et tout rouge aussi, comme cet animal encore palpitant.

Elle se mit à table avec ses Prussiens, mais elle ne put manger, pas même une bouchée. Ils dévorèrent le lapin sans s'occuper d'elle. Elle les regardait de côté, sans parler, mûrissant une idée, et le visage tellement impassible qu'ils ne s'aperçurent de rien.

Tout à coup, elle demanda : « Je ne sais seulement point vos noms, et v'là un mois que nous sommes ensemble. » Ils comprirent, non sans peine, ce qu'elle voulait, et dirent leurs noms. Cela ne lui suffisait pas ; elle se les fit écrire sur un papier, avec l'adresse de leurs familles, et, reposant ses lunettes sur son grand nez, elle considéra cette écriture inconnue, puis elle plia la feuille et la mit dans sa poche, par-dessus la lettre qui lui disait la mort de son fils.

Quand le repas fut fini, elle dit aux hommes : « J'vas travailler pour vous. »

Et elle se mit à monter du foin dans le grenier où ils couchaient.

Ils s'étonnèrent de cette besogne ; elle leur expliqua qu'ils auraient moins froid ; et ils l'aidèrent. Ils entassaient les bottes jusqu'au toit de paille ; et ils se firent ainsi une sorte de grande chambre avec quatre murs de fourrage, chaude et parfumée, où ils dormiraient à merveille.

Au dîner, un d'eux s'inquiéta de voir que la mère Sauvage ne mangeait point encore. Elle affirma qu'elle avait des crampes. Puis elle alluma un bon feu pour se chauffer, et les quatre Allemands montèrent dans leur logis par l'échelle qui leur servait tous les soirs.

Dès que la trappe fut refermée, la vieille enleva l'échelle, puis rouvrit sans bruit la porte du dehors, et elle retourna chercher des bottes de paille dont elle emplit sa cuisine. Elle allait nu-pieds, dans la neige, si doucement qu'on n'entendait rien. De temps en temps elle écoutait les ronflements sonores et inégaux des quatre soldats endormis.

Quand elle jugea suffisants ses préparatifs, elle jeta dans le foyer une des bottes, et, lorsqu'elle fut enflammée, elle l'éparpilla sur les autres, puis elle ressortit et regarda.

Une clarté violente illumina en quelques secondes tout l'intérieur de la chaumière, puis ce fut un brasier effroyable, un gigantesque four ardent, dont la lueur jaillissait par l'étroite fenêtre et jetait sur la neige un éclatant rayon.

Puis un grand cri partit du sommet de la maison, puis ce fut une clameur de hurlements humains, d'appels déchirants d'angoisse et d'épouvante. Puis, la trappe s'étant écroulée à l'intérieur, un tourbillon de feu s'élança dans le grenier, perça le toit de paille, monta dans le ciel comme une immense flamme de torche ; et toute la chaumière flamba.

On n'entendait plus rien dedans que le crépitement de l'incendie, le craquement des murs, l'écroulement des poutres. Le toit tout à coup s'effondra, et la carcasse ardente de la demeure lança dans l'air, au milieu d'un nuage de fumée, un grand panache d'étincelles.

La campagne, blanche, éclairée par le feu, luisait comme une nappe d'argent teintée de rouge.

Une cloche, au loin, se mit à sonner.

La vieille Sauvage restait debout, devant son logis détruit, armée de son fusil, celui du fils, de crainte qu'un des hommes n'échappât.

Quand elle vit que c'était fini, elle jeta son arme dans le brasier. Une détonation retentit.

Des gens arrivaient, des paysans, des Prussiens.

On trouva la femme assise sur un tronc d'arbre, tranquille et satisfaite.

Un officier allemand, qui parlait le français comme un fils de France, lui demanda :

« Où sont vos soldats ? »

Elle tendit son bras maigre vers l'amas rouge de l'incendie qui s'éteignait, et elle répondit d'une voix forte :

« Là-dedans ! »

On se pressait autour d'elle. Le Prussien demanda :

« Comment le feu a-t-il pris ? »

Elle prononça :

« C'est moi qui l'ai mis. »

On ne la croyait pas, on pensait que le désastre l'avait soudain rendue folle. Alors, comme tout le monde l'entourait et l'écoutait, elle dit la chose d'un bout à l'autre, depuis l'arrivée de la lettre jusqu'au dernier cri des hommes flambés avec sa maison. Elle n'oublia pas un détail de ce qu'elle avait ressenti ni de ce qu'elle avait fait.

Quand elle eut fini, elle tira de sa poche deux papiers, et, pour les distinguer aux dernières lueurs du feu, elle ajusta encore ses lunettes, puis elle prononça, montrant l'un : « Ça, c'est la mort de Victor. » Montrant l'autre, elle ajouta, en désignant les ruines rouges d'un coup de tête : « Ça, c'est leurs noms pour qu'on écrive chez eux. » Elle tendit tranquillement la feuille blanche à l'officier, qui la tenait par les épaules, et elle reprit :

« Vous écrirez comment c'est arrivé, et vous direz à leurs parents que c'est moi qui a fait ça. Victoire Simon, la Sauvage ! N'oubliez pas. »

L'officier criait des ordres en allemand. On la saisit, on la jeta contre les murs encore chauds de son logis. Puis douze hommes se rangèrent vivement en face d'elle, à vingt mètres. Elle ne bougea point. Elle avait compris ; elle attendait.

Un ordre retentit, qu'une longue détonation suivit aussitôt. Un coup attardé partit tout seul, après les autres.

La vieille ne tomba point. Elle s'affaissa comme si on lui eût fauché les jambes.

L'officier prussien s'approcha. Elle était presque coupée en deux, et dans sa main crispée elle tenait la lettre baignée de sang.

Mon ami Serval ajouta :

« C'est par représailles que les Allemands ont détruit le château du pays, qui m'appartenait. »

Moi, je pensais aux mères des quatre doux garçons brûlés là-dedans ; et à l'héroïsme atroce de cette autre mère, fusillée contre ce mur.

Et je ramassai une petite pierre, encore noircie par le feu.

COMMENTAIRES

par

Louis Forestier

Composition du recueil

Selon son habitude, Maupassant compose son volume en puisant dans le lot des contes et nouvelles qu'il avait donnés aux journaux. Le choix était large : entre mai 1883 et avril 1884, Maupassant avait publié environ soixante-dix récits ; de quoi fournir la matière de quatre ou cinq volumes. De fait, en quelques mois, vont se succéder *Clair de lune, Miss Harriet, Les Sœurs Rondoli*. Ajoutons que, dans le même temps, l'écrivain a préparé une réédition de ses poésies (*Des Vers*) et rassemblé, sous le titre *Au soleil,* des souvenirs et sensations de voyage ; enfin, il commence à songer très sérieusement à un roman (ce sera *Bel-Ami,* en 1885). C'est dire que Maupassant est fort occupé et traite la publication de son recueil avec les manières expéditives d'un homme d'affaires.

C'est probablement dans la fin de 1883 que l'auteur s'entend avec Victor Havard, son éditeur principal, pour un volume de contes qui deviendra *Miss Harriet.* Pour le contenu, Maupassant fait choix de textes parus surtout dans *Le Gaulois,* accessoirement dans *Gil Blas* (sous le pseudonyme de Maufrigneuse) et, pour « L'Héritage », dans *La Vie militaire*. Une seule hésitation : il avait d'abord retenu « Le Modèle » (plus tard inclus dans *Le Rosier de Madame Husson*) qu'il remplacera par « L'Âne » quelques semaines avant la sortie du volume, dont il arrête les grandes lignes avec son éditeur au début du mois de mars 1884. Le manuscrit est complet, à l'exception de la seconde nouvelle (« L'Héritage ») qui parviendra au fur et à mesure de sa publication dans *La Vie militaire*, du 15 mars au 26 avril. L'ensemble du recueil tire son titre de la nouvelle initiale — habitude assez courante de Maupassant — et celle-ci s'appelle encore, à ce moment-là, *Miss Hastings* ; l'éditeur trouve ce titre trop historique et guerrier, Maupassant le juge universellement connu et très anglais (en Angleterre, dit-il, « Hastings existe comme nom autant que Duval chez nous » : il doit bien y avoir du vrai là-dedans, puisque Agatha Christie allait baptiser ainsi, plus tard, le comparse du célèbre Hercule Poirot !). C'est le 15 mars que le patronyme définitif est trouvé.

Maupassant corrige les premières épreuves, avec l'aide de sa secrétaire, Mme Brun-Chabas, vers la fin de mars et le début d'avril. En passant, il se plaint de la mauvaise mise en page de « L'Héritage » : les typographes, entre autres erreurs, avaient supprimé l'indication des chapitres. Le livre parut finalement le 22 avril 1884. Parmi les exemplaires de presse que l'auteur dédicaça, citons entre autres celui de Zola (« Au Maître et à l'Ami ») et celui de Gustave Toudouze, le dédicataire de « En voyage » (« A Gustave Toudouze, son ami »).

Le travail de l'écrivain

Il est rare que nous soyons renseignés sur le travail de Maupassant aussi bien que pour ce recueil. En effet, non seulement nous connaissons la première version des deux principales nouvelles (« Miss Harriet » et « L'Héritage »), mais encore nous possédons un manuscrit corrigé de chacune d'elles. Celui de « Miss Harriet » a été postérieurement offert, en « hommage d'un ami dévoué », par Maupassant à la comtesse Potocka avec laquelle il est lié depuis peu. Nous avons pu étudier ces deux manuscrits dont nous donnons les variantes complètes dans notre édition des *Contes et Nouvelles* (2 vol., bibl. de la Pléiade, Gallimard).

En ce qui concerne « Miss Harriet », l'ensemble du travail de l'écrivain a porté dans trois domaines : noms des personnages, style, structure de la nouvelle. L'aubergiste, la mère Lecacheur, s'appelait d'abord Mme Simon, désignation qui ne comportait ni pittoresque, ni couleur locale ; de même, la scène était primitivement située à Saint-Hilaire : il existe bien un village de ce nom dans l'Orne, mais à l'intérieur des terres ; en ramenant son récit à Bénouville, entre Yport et Étretat, il augmente sa vraisemblance, puisqu'il fait de Léon Chenal un peintre de marines. La plus grande hésitation a porté sur le nom de l'héroïne : la pré-originale du *Gaulois* nous apprend qu'elle s'appelait Miss Hastings, et que cela ne plaisait pas à l'éditeur (voir ci-dessus). Après avoir repoussé Miss Rovel, proposé par l'écrivain Victor Cherbuliez, Maupassant opta pour Miss Harriet, nom qui avait déjà servi (le savait-il ?) à désigner la protagoniste d'une nouvelle de Louis Mullem, parue quelques mois plus tôt. Le manuscrit que j'ai cité plus haut et qui a servi à l'impression, nous apprend autre chose : l'auteur, perplexe jusqu'au tout dernier moment, appelle son héroïne Miss Butler, puis il se ravise en cours de rédaction et corrige en *Miss Hastings* avant d'écrire à son éditeur, le 15 mars 1884 : « Je vous prie de remplacer partout Hastings par Harriet. »

Quant à l'écriture, il faut en finir avec un snobisme qui court avec persistance dans certains milieux soi-disant intellectuels et à travers une critique à la mode. Dans une édition récente (*Le Horla*, Garnier-Flammarion, 1984), Antonia Fonyi l'exprime avec une téméraire virulence : « Le style de Maupassant n'est pas parfait, il ne l'a pas parfait. » Il faut s'entendre. Certes, Maupassant laisse subsister des négligences ; en voici une : « sans que, peut-être, elle *eût* jamais *eu* » (p. 40). D'une façon générale, cependant, sa langue est simple, juste et facile à lire. C'est qu'il ne faut pas attendre de lui ce qu'il ne veut pas nous donner. Il nous refuse le style artiste d'un Goncourt au profit d'une grisaille du style, d'une écriture savamment plate comme la rêvaient Huysmans ou Henry Céard : là est la perfection pour Maupassant ; même Julien Gracq s'y est laissé prendre (« *Basic french* littéraire », écrit-il de ce style). Or ce style, — ni bon ni mauvais, comme la vie qu'il représente —, Maupassant l'améliore ; tous les manuscrits le prouvent. Un seul exemple. Dans le manuscrit, Maupassant fait dire à la mère Lecacheur, parlant de Miss Harriet : « eune vieille Anglaise » ; il corrige en « eune Anglaise d'âge » : une tournure normande remplace une banalité. Plus loin, « suivant tous mes mouvements avec une attention presque religieuse », impropre et lourd, devient : « suivant tous mes gestes avec une attention concentrée ».

Enfin, Maupassant améliore, d'une version à l'autre, la structure et la signification de son récit. Le texte du *Gaulois* commence comme ce qui pourrait être une aventure de chasse entre hommes, une de celles narrées dans les *Contes de la bécasse*. Dans la forme définitive, Maupassant modifie la distribution : il ajoute un public féminin et répartit l'auditoire (sans compter le cocher) en trois couples face au narrateur délibérément célibataire. La mise en place d'un climat d'amour, de sensualité et de tristesse est mieux faite. Autre modification : les amours du peintre Léon Chenal et de la jeune servante ne figurent pas dans la version du *Gaulois* ; cet ajout rend plus subtiles et plus complexes les motivations du dénouement.

« L'Héritage » a, lui aussi, connu d'importantes modifications. Maupassant, dès novembre 1882, en avait esquissé l'histoire dans un conte intitulé « Un million ». André Vial (*Guy de Maupassant et l'art du roman*) en dit très justement qu'il « semble avoir été conçu d'abord comme une suite de repères propres à orienter le développement futur d'une vision, celle de "L'Héritage" ». De fait, « Un million » apparaît comme un canevas à partir duquel Maupassant développera l'étude des milieux (ministère, petite bourgeoisie, canotiers, etc.) et des caractères ; la version définitive amène de façon plus insensible, plus vraisemblable et plus nuancée l'adultère de Cora et l'assentiment tacite, et quasi reconnaissant, de son mari Lesable. Cependant, une lettre de l'écrivain à son éditeur montre que le développement ne s'est pas fait sans difficulté : il a été profondément remanié entre le 23 février et le 6 mars 1884, le manuscrit en témoigne.

L'originalité de l'œuvre

Elle est d'abord dans le retour à la nouvelle longue, telle que Maupassant l'avait pratiquée avec

« Boule de suif » (1880) et « La Maison Tellier » (1881). L'écrivain se sent à l'aise dans cette forme qui hésite entre le récit développé et le très court roman : les manifestations extrêmes en seront « Yvette », « Le Champ d'oliviers » et, d'une certaine façon, *Pierre et Jean*. Observons que, avant de parvenir à l'ample récit définitif, Maupassant expérimente son anecdote en quelques pages préparatoires plus brèves. C'est le cas, nous l'avons dit, de « Miss Hastings » ou d'« Un million » qui préparent « Miss Harriet » et « L'Héritage » ; de même, « Yveline Samoris » est un premier crayon pour « Yvette ». On pourra dire que ce procédé est une façon, pour l'écrivain, de monnayer la même histoire en la publiant deux fois dans divers journaux : l'argument n'est pas très sérieux. Ce qui est plus significatif est ce que cette façon de faire apprend sur la méthode de Maupassant. Ce dernier part du canevas constitué par de courts récits pour élaborer une nouvelle plus longue, voire un roman. Ainsi procède-t-il pour diverses scènes d'*Une Vie* ou de *Bel-Ami*. Le roman ou la longue nouvelle ne se travaillent sur manuscrit que pour des améliorations principalement formelles ; pour le reste, ils utilisent des données antérieures qu'ils organisent et amplifient. C'est exactement ce que fait maître Hauchecorne, dans « La Ficelle » : « Alors il recommença à conter l'aventure, en allongeant chaque jour son récit, ajoutant chaque fois des raisons nouvelles, des protestations plus énergiques, des serments plus solennels qu'il imaginait, qu'il préparait dans ses heures de solitude, l'esprit uniquement occupé de l'histoire de la ficelle. »

L'autre intérêt de *Miss Harriet* est son extrême diversité. Certes, la plupart des recueils de Maupassant sont des fourre-tout, constitués un peu au hasard des contes les plus récemment publiés dans la presse ; c'est pourquoi ils ne portent que rarement des titres indiquant un thème d'ensemble, comme *La Main gauche* par exemple ou, à la rigueur, *Contes de la bécasse* (quant à *Contes du jour et de la nuit*, c'est un trompe-l'œil supplémentaire). Le présent volume est bien constitué à la diable, mais il a le mérite de présenter un échantillonnage des principaux thèmes chers à Maupassant.

En premier lieu, c'est la Normandie qui sert de toile de fond à quatre contes sur douze : « Miss Harriet », « Le Baptême », « La Ficelle », « Mon oncle Jules » ; on peut même avancer, en dépit des noms supposés, que « La Mère Sauvage » se passe dans le pays de Bray, comme beaucoup de contes de la guerre de 1870. Cet ensemble donne une vue assez complète des paysages normands, urbains et campagnards, côtiers et terriens, de même que d'une géographie humaine saisie dans ses détails typiques — paysans du pays de Caux, commerçants, petits bourgeois.

Mais d'autres motifs se succèdent ou s'entrecroisent : les bords de Seine y apparaissent comme le lieu du bonheur, de la santé physique et de la joie (« L'Héritage », « L'Ane ») ; les milieux parisiens sont prétexte à l'évocation de la vie des ministères, des cafés, etc. Enfin, deux sujets chers à Maupassant reparaissent, avec « Denis » et « La Mère Sauvage » : la folie et la guerre de 1870.

A partir de ces divers récits on peut dresser une typologie des personnages de Maupassant. Retenons-en trois. Le Normand, essentiellement paysan ici, apparaît muré dans des idées simples et entières : la mère Lecacheur n'a qu'un jugement et n'en démord pas ; maître Hauchecorne se laisse envahir par une idée fixe ; la mère Sauvage ne réagit qu'en fonction de son amour maternel. C'est d'ailleurs en cela que les uns et les autres dépassent le pittoresque régionaliste pour illustrer des attitudes plus générales de la nature humaine. Au contraire, Miss Harriet illustre une particularité de l'humanité : l'Anglaise. Habituellement, Maupassant dépeint sans aménité les filles d'Albion : physiquement peu attirantes et, le plus souvent, bégueules et ennuyeuses (le sexe mâle n'est d'ailleurs pas mieux traité) ; il ne fera une délicieuse exception que pour l'héroïne de « L'Épave » (*La Petite Roque*). Miss Harriet occupe une place à part dans cette galerie féminine. Comme ses congénères, elle possède certains ridicules ; elle est dégingandée, mal fagotée et mal coiffée, admirant en outre la grandeur de Dieu dans ses manifestations les plus cocasses et mue par un prosélytisme intempestif. Mais elle compense ces défauts par un mélange de sensibilité à vif, d'enthousiasme, de pudeur et d'intuition qui la rend attachante. En fait, ses parents les plus proches, dans l'œuvre de Maupassant, ce ne sont pas ses compatriotes, mais toutes les vieilles filles abandonnées à la misère morale et à la nostalgie de l'amour, Tante Lison (*Une Vie*) ou Melle Perle (*La Petite Roque*). Maupassant a su créer ainsi une figure originale. C'est une attitude différente qu'observe l'écrivain en face d'un troisième type d'êtres humains, les employés. La connaissance que son passage au ministère de la Marine lui a donnée des ronds-de-cuir lui permet des évocations savoureuses : du chef tyrannique au commis besogneux, du dilettante à l'arriviste, en passant par le mythomane et le nonchalant, il campe ses personnages avec une cruauté mêlée de sympathie. Il est conscient de ce que la condition d'employé a d'accablant moralement et matériellement ; il ne cesse de le répéter dans des récits (« Les Dimanches d'un bourgeois de Paris ») ou des chroniques (« Les

Employés », dans *Le Figaro* du 4 janvier 1882), soulignant la médiocrité des êtres et de la fonction, le manque d'intérêt de l'emploi, l'absence d'ambition et, d'ailleurs, le peu de chance de parvenir à une position enviable. Tout cela, Maupassant le sait et le voit ; mais il ne peut s'empêcher de se rappeler ses années de jeunesse, partagées entre un bureau qu'il déteste et les plaisirs du canotage qu'il attend avec frénésie chaque fin de semaine. Aussi un ton de gaieté farce, un clin d'œil nostalgique et amusé, se glisse-t-il, involontairement ou non, dans l'évocation de ces gens dont il sait qu'ils sont « le plus à plaindre, les plus défavorisés ». La création littéraire combine le souvenir personnel et le regard perspicace sur un phénomène de société.

L'accueil du public

Il fut favorable. D'ailleurs, des échos dans la presse, savamment distribués par Maupassant lui-même, se chargeaient de ranimer l'intérêt des lecteurs en leur vantant le « saisissant volume » qui venait de paraître ! Il est certain que la faveur ininterrompue de publics divers à l'égard d'un conte comme « La Ficelle » atteste la réussite de l'écrivain. Pourtant, celui-ci se plaignait ; il pressait son éditeur : « Comment va *Miss Harriet* ? [...] A quelle édition en est-on ? » Dans l'automne de 1884, il se désole du fait que son volume n'ait pas atteint, et de très loin, les records des *Sœurs Rondoli* : dix-huit éditions vendues en deux mois. Cela n'empêche pas l'éditeur Havard de goûter dans *Miss Harriet* des « accents de tendresse et de sensibilité suprêmes ». En revanche, Marie Bashkirtseff, qui entretint, durant un temps, une curieuse correspondance avec Maupassant, émet des réserves :

« Quelle rengaine que l'histoire de la vieille mère qui se venge des Prussiens ! » A quoi Maupassant rétorque placidement que « tout est rengaine » !

Rappelons, pour l'anecdote, que Maupassant s'insurgea lorsqu'il apprit, en 1890, qu'une opérette, sans rapport avec sa nouvelle, allait s'appeler *Miss Harriet*. Les auteurs durent changer leur titre et le remplacèrent par *Miss Helyett* qui remporta un beau succès.

*Biobibliographie sommaire**

5 août 1850. — Naissance de Maupassant, déclarée survenue au château de Miromesnil (Seine-Maritime).

1861-1869. — Années de collège (Yvetot, Rouen). Flaubert lit les premiers essais de Maupassant ; il le conseille et le guide.

Juillet 1870. — Guerre franco-prussienne. Maupassant est attaché aux bureaux de l'Intendance à Rouen.

Septembre 1870. — Désastre de Sedan ; déchéance de l'Empire ; invasion du territoire par les troupes ennemies (voir : « La Mère Sauvage »).

1872. — Maupassant entre, comme employé, au ministère de la Marine (voir « L'Héritage ») ; il y restera jusqu'en 1879, date de son passage au ministère de l'Instruction publique.

1873-1874. — Joyeuses parties de canotage, deux fois par semaine, à Argenteuil et Bezons (voir le chapitre VIII de « L'Héritage »).

* On ne développe ici que ce qui concerne *Miss Harriet*. Pour plus de détails, le lecteur voudra bien se reporter aux chronologies des *Contes et Nouvelles*, bibliothèque de la Pléiade, 2 vol., Gallimard, 1974 et 1979.

1875. — Publication du premier conte de Maupassant dans l'*Almanach lorrain de Pont-à-Mousson*. Durant plusieurs années (1872-1880), Maupassant use des libertés que lui offre le ministère pour faire de nombreux séjours en Normandie, à Étretat en particulier, où il se fera construire une maison après le succès de *Boule de suif* et de *La Maison Tellier*. A l'occasion de ses vagabondages, il rencontre Courbet et surtout Monet (voir : « Miss Harriet »).

1877. — Maupassant se lie avec les futurs « naturalistes » du groupe de Médan (Zola, Huysmans, Céard, Alexis, Hennique).

1879. — Il devient secrétaire de Xavier Charmes au ministère de l'Instruction publique.

1880. — Publication de *Des Vers*, puis de « Boule de suif » dans le recueil collectif *Les Soirées de Médan*.
Mort de Flaubert, le 8 mai.
Maupassant loue une maison en bord de Seine, à Sartrouville (août) ; il renouvellera cette location en 1881 et 1882 (voir « L'Ane »)
Désormais, l'écrivain se consacre essentiellement à son activité littéraire.
Il publie régulièrement dans les journaux et les revues, notamment au *Gaulois* et à *Gil Blas*.
Lecture de Schopenhauer.

1881. — *La Maison Tellier*. En juillet-août, voyage en Algérie.
Par l'intermédiaire de Tourgueniev, l'œuvre de Maupassant est introduite en Russie.

1882. — Première édition de *Mademoiselle Fifi*. Huysmans publie *A Vau-l'eau* : son héros, Folantin, annonce certains traits du vicomte Des Barrets (« Garçon, un bock !... »).

239

Maupassant séjourne à Menton, puis à Saint-Raphaël, ; désormais, il accomplira de fréquentes stations sur la Côte d'Azur (voir : « Idylle », « En voyage »).

1883. — *Contes de la bécasse, Une Vie*, première édition de *Clair de lune*. Le 27 février, naissance « de père inconnu » du premier enfant de Joséphine Litzelmann ; le père inconnu serait Maupassant.

Le 10 mai, publication de « En voyage » ; c'est, chronologiquement, le premier des douze contes qui composeront *Miss Harriet* et qui paraîtront principalement dans *Le Gaulois* ou *Gil Blas* (sous le pseudonyme de Maufrigneuse). Le 9 juillet, « Miss Hastings » (qui deviendra « Miss Harriet ») paraît dans *Le Gaulois*.

Dans la fin de l'année, Maupassant semble s'être mis d'accord avec l'éditeur Havard en vue de la publication de ce qui sera *Miss Harriet*.

1884. — *Au soleil* (récit de voyage), *Les Sœurs Rondoli, Yvette*. Maupassant travaille à *Bel-Ami* (achevé fin octobre). Nouvelles éditions de *Des Vers* et de *Clair de lune*.

Mars, début d'une brève correspondance avec Marie Bashkirtseff ; celle-ci critique le sujet de « La Sauvage ». Ce même mois, les grandes lignes du recueil *Miss Harriet* (qui s'appelle encore *Miss Hastings*) sont arrêtées : Maupassant corrige les épreuves au début d'avril, malgré une affection des yeux, tandis qu'il donne « L'Héritage » à *La Vie militaire* (15 mars-26 avril).

Le 22 avril, achevé d'imprimer de *Miss Harriet* ; mise en vente le 28.

1885. — *Bel-Ami ; Contes du jour et de la nuit ; Toine.*

1886. — Maupassant, dont le mal s'aggrave, est sujet à un besoin de « vie errante» (ce sera le titre d'un recueil de souvenirs de voyage).

1887. — *Mont-Oriol.* Avec cette œuvre, Maupassant inaugure un nouveau ton romanesque.

1888. — *Pierre et Jean ; Le Rosier de Madame Husson.*

1889-1890. — *Fort comme la mort, Notre cœur* (romans) ; *La Main gauche, L'Inutile Beauté* (nouvelles).

1892. — Tentative de suicide (nuit du 1er au 2 janvier). Maupassant est admis à la maison de santé du docteur Blanche. Il n'en sortira plus.

1893. — Le 6 juillet, mort de Maupassant ; le 8, service funèbre et inhumation au cimetière Montparnasse.

Quelques lectures

BESNARD-COURSODON, Micheline, *Étude thématique et structurale de l'œuvre de Maupassant : le piège,* Nizet, 1973.

BIJAOUI-BARON, Anne-Marie, « Le thème bureaucratique chez Flaubert et Maupassant », *Flaubert et Maupassant écrivains normands,* P.U.F., 1981.

BONNEFIS, Philippe, *Comme Maupassant,* Presses Universitaires de Lille, 1981.

CASTEX, Pierre-Georges, *Le Conte fantastique en France de Nodier à Maupassant,* Corti, nouvelle édition 1971.

COGNY, Pierre, « La structure de la farce chez Guy de Maupassant », *Europe,* 1969.

COLIN, René-Pierre, *Schopenhauer en France*, Presses Universitaires de Lyon, 1979.

DELAISEMENT, Gérard, *Guy de Maupassant, le témoin, l'homme, le critique*, Centre Régional de Documentation Pédagogique d'Orléans-Tours, 1984.

FOUYÉ, Yves, *Maupassant et les criminels*, Rouen, 1952.

GREIMAS, A.-J., « Description et narrativité dans « La Ficelle » de Guy de Maupassant », *Revue canadienne de linguistique romane*, 1973.

LANOUX, Armand, *Maupassant le Bel-Ami*, nouvelle édition, Grasset, 1979 et Le Livre de Poche, 1983.

MAC NAMARA, Matthew, *Miss Harriet*, thèse, université d'Aix-en-Provence, 1970.

MILNER, Max, *La Fantasmagorie*, P.U.F., 1982.

PEIGNOT, Jérôme, « Les employés de bureau », *Europe*, juin 1969.

STANDING, Enid, « Les Anglaises dans l'œuvre de Maupassant », *Le Bel Ami*, 1957

THUILLIER, Guy, « Maupassant fonctionnaire », *Revue administrative*, mars-avril 1976.

VIAL, André-Marc, *Guy de Maupassant et l'art du roman*, Nizet, 1954.

NOTES

MISS HARRIET

P. 15

1. Cette nouvelle parut d'abord, sous une forme plus réduite, dans *Le Gaulois* du 9 juillet 1883, sous le titre « Miss Hastings ». Maupassant la reprit et la développa, dans sa fin notamment (en y accentuant le caractère agnostique), avant d'en faire le premier texte du recueil auquel elle donne son nom. On trouvera la première version dans les *Contes et Nouvelles* de Maupassant, bibl. de la Pléiade, t. I, p. 1544.

2. On ne sait à qui s'adresse cette mystérieuse dédicace : une jeune Américaine, amie de Maupassant ? Marie Bashkirtseff ? Hermine Lecomte du Noüy ? A moins que, par l'anonymat, l'auteur n'ait voulu s'adresser à toutes les femmes, en général.

3. Le récit du peintre Léon Chenal (nom imaginaire) est clairement placé dans la région d'Étretat, pays d'élection de Maupassant. Tancarville est situé à une quarantaine de kilomètres d'Étretat, à l'estuaire de la Seine ; Bénouville, cité plus loin, est à quatre kilomètres de cette dernière station, elle-même nichée au débouché du « Petit-Val », d'aspect assez sauvage.

P. 16

1. Il s'agit du maréchal de Richelieu (1696-1788) qui passe pour le parfait exemple du *roué*, ou de l'homme à bonnes fortunes.

P. 25

1. Le sujet évoque *La Vague* de Courbet ou certains paysages d'Étretat par Monet ; plus loin (p. 33), c'est une lumière à la Corot qui est proposée. Le nom de ces trois peintres est cité par Maupassant dans « La Vie d'un paysagiste », chronique parue à *Gil Blas* le 28 septembre 1886.

P. 33

1. Maupassant a plusieurs fois repris cette vision d'un couple dans un décor d'arbres baigné de lumière vaporeuse : voir « Par un soir de printemps » (*Le Père Milon*), « Clair de lune » (dans le recueil du même nom) et « Julie Romain » (*La Petite Roque*).

L'HÉRITAGE

P. 41

1. Cette longue nouvelle a d'abord paru, hebdomadairement, dans *La Vie militaire* du 15 mars au 26 avril 1884. Maupassant se montrait insatisfait de ses premières versions : le manuscrit, qui nous a été conservé, atteste effectivement de nombreuses variantes et repentirs.

2. Catulle Mendès (1843-1909), bien oublié aujourd'hui, est l'une des figures importantes du Paris littéraire fin-de-siècle. Il fut un membre actif du groupe parnassien et contribua, plus tard, à la meilleure connaissance, en France, de l'œuvre de Wagner. Ses liens d'amitié avec Maupassant se firent plus étroits précisément durant l'année 1884 où paraissait « L'Héritage ». Comme Mendès ne dédaignait pas, à l'occasion, les situations un peu scabreuses, cette dédicace lui allait bien.

3. Naturellement, toute l'évocation de la vie bureaucratique, dans cette nouvelle, est nourrie des souvenirs que Maupassant garde de son passage au ministère de la Marine : précisément, l'époque à laquelle ces pages font allusion (1875) correspond au temps où il était lui-même commis de 4e classe et s'identifiait assez au personnage du « beau Maze ».

4. Employé chargé de la correspondance et de l'expédition des ordonnances ministérielles.

P. 42

1. Cachelin fait allusion aux arsenaux qui, outre Toulon cité, étaient Brest, Cherbourg, Lorient et Rochefort.

P. 45

1. Le fil de caret est un cordon de chanvre épais destiné à la fabrication des cordages.

P. 47

1. D'un mot est indiqué, au passage, un thème cher à Maupassant : la persécution des êtres sans défense. Voir : « L'Ane » (ici, p. 143), « Coco » (*Contes du jour et de la nuit*), « Une famille » (*Le Horla*).

P. 55

1. Le claque est un chapeau haut de forme que des ressorts permettent d'aplatir.

P. 56

1. Les prélarts sont des toiles goudronnées destinées à abriter les marchandises entreposées dans les navires ou sur les ports.

P. 57

1. La voix publique prêtait ce mot à Jules Janin, qui ne s'en défendait pas.

P. 61

1. L'Éden-Théâtre, inauguré au début de 1883, était l'une des salles les plus brillantes et les plus modernes de Paris. Il se spécialisait dans le ballet à grand spectacle.

P. 63

1. La spéculation sur les terrains suburbains (les Cachelin habitent Montmartre, annexé à Paris en 1860) firent partie des opérations financières fructueuses du Second Empire ; Zola en montre les mécanismes dans *La Curée*.

P. 67

1. Pluriel peu usité ; il figure cependant dans toutes les éditions.

p. 70

1. Le palais du Trocadéro, construit pour l'Exposition univer-
selle de 1878, comportait deux tours d'apparence mauresque.

P. 83

1. Maupassant connaissait bien le trajet qu'il évoque : du
temps où il était employé au ministère, il se rendait toutes les
fins de semaine, pour canoter, au bord de la Seine à Bezons où
il avait loué une chambre.

P. 93

1. Le duel, quoique pénalement réprimé, était fréquent à
l'époque de Maupassant. Ce dernier sut en tirer littérairement
parti dans plusieurs nouvelles et dans *Bel-Ami* où des réflexions
analogues à celles que nous avons ici sont présentées dans un
contexte sérieux, car il va de soi que la seule idée d'un duel
entre « ronds-de-cuir » est cocasse et dérisoire.

P. 98

1. Le divorce, qui sera officiellement rétabli en juillet 1884,
était à l'ordre du jour au moment où paraissait « L'Héritage ».

P. 121

1. Cette phrase exprime une constante de la pensée de Maupassant : l'horreur de la génération et, plus précisément, de la
femme enceinte.

P. 124

1. Ce passe-temps stérile avait été stigmatisé par Flaubert dans
le *Dictionnaire des idées reçues* et à travers le personnage de
Binet de *Madame Bovary*.

P. 125

1. Pour apprécier les hiérarchies respectives, il faut se rappeler que les chemins de fer d'alors comportaient trois classes.

P. 127

1. Jeu de mots entre « mazette » (exclamation de surprise admirative) et « Mazette » (... petite Maze !).

P. 128

1. Cette évocation fait penser aux abords de *la Grenouillère* tels qu'ils sont décrits dans « La Femme de Paul » (*La Maison Tellier).*

DENIS

P. 131

1. A paru d'abord dans *Le Gaulois,* le 28 juin 1883.

2. Léon Chapron a écrit plusieurs ouvrages sur la vie parisienne ; il était surtout connu comme chroniqueur à *L'Événement* et à *Gil Blas,* où Maupassant a pu le connaître (1840-1884).

P. 136

1. Le coaltar saponiné était une amélioration du coaltar simple, sorte de goudron aux propriétés antiseptiques.

L'ANE

P. 143

1. Ce conte a paru pour la première fois dans *Le Gaulois* (15 juillet 1883).

2. Louis le Poittevin (1847-1909) était fils d'Alfred Le Poittevin, le grand ami de Flaubert, et cousin de Maupassant ; une grande amitié liait les deux hommes. Louis Le Poittevin était déjà

l'un des personnages du conte « Le Voleur » (*Mademoiselle Fifi*).

3. Encore des paysages bien connus de Maupassant. La Frette, Herblay, Champioux, autant de hameaux, au bord de la Seine ou tout proches, en aval de Paris. En 1880 et 1881, l'écrivain avait passé plusieurs mois, non loin de ces lieux, à Sartrouville.

P. 144

1. A l'origine, le terme désignait ceux qui récupéraient la ferraille dans les ruisseaux de Paris. Au temps de Maupassant, il avait plus largement le sens de *maraudeur*.

IDYLLE

P. 155

1. Ce récit a été publié dans *Gil Blas* (12 février 1884) sous le pseudonyme de Maufrigneuse, fréquemment employé par Maupassant qui l'avait emprunté à un personnage de Balzac.

2. Maurice Leloir (1853-1940), peintre et aquarelliste, était lié avec Maupassant depuis 1875 au moins. Il illustra une édition de *Manon Lescaut* à laquelle l'écrivain donna une préface (1889).

P. 156

1. Il est vrai que la main-d'œuvre étrangère, en provenance d'Italie notamment, augmenta sensiblement en France entre 1850 et 1880 environ.

LA FICELLE

P. 163

1. Ce conte a paru dans *Le Gaulois*, le 25 novembre 1883.

2. Harry Alis est le pseudonyme de l'écrivain Hippolyte Percher (1857-1895). Il fonda et dirigea diverses revues auxquelles Maupassant collabora occasionnellement (*La Revue moderne et naturaliste, Panurge*).

3. Le conte est situé dans une Normandie que Maupassant connaît bien : le pays de Caux, et, plus précisément, l'intérieur des terres entre Fécamp et Étretat (Goderville). Bréauté est à trois kilomètres au sud de ce bourg, tandis que Beuzeville est à la même distance à l'ouest de Bréauté. Ymauville et Montivilliers sont de petits villages également situés autour de Goderville.

P. 166

1. Maupassant emploie deux termes dialectaux : les *verts* désignent les fourrages, et *mucre* signifie humide.

2. La route de Beuzeville se confond avec celle de Bréauté par laquelle maître Hauchecorne est arrivé au marché.

GARÇON, UN BOCK !...

P. 173

1. Ces lignes parurent dans *Gil Blas* (1er janvier 1884) sous le pseudonyme de Maufrigneuse.

2. Heredia (1842-1905) avait rencontré Maupassant chez Flaubert, à Croisset. Une estime réciproque liait l'auteur des *Trophées* et le romancier de *Bel-Ami*.

3. On déduit de ce parcours que Maupassant situe son récit dans l'une des multiples brasseries des boulevards Bonne-Nouvelle ou Poissonnière.

P. 176

1. Proche de la Faculté de droit, il existe un café de Médicis à l'angle de la rue du même nom et de la place Edmond-Rostand, tout près du Luxembourg.

P. 177

1. La chute des cheveux passait pour un signe de maladie vénérienne (Maupassant avait lui-même expérimenté la véracité du dire !).

1. On a beaucoup glosé à propos de ce conte, dans lequel certains croient discerner des allusions aux disputes réelles survenues entre les parents de Maupassant. Ils y voient, du même coup, l'une des raisons possibles au pessimisme de l'écrivain.

LE BAPTÊME

P. 181

1. Ce conte parut dans *Le Gaulois* du 14 janvier 1884.

2. Le peintre Antoine Guillemet (1842-1918) était élève de Corot et de Monet : on peut donc estimer que les extérieurs lumineux et colorés des premières pages s'accordent bien à la facture du dédicataire que Maupassant tenait pour un « maître incontesté ».

P. 184

1. Le sens est : si cela ne vous faisait rien.

REGRET

P. 187

1. Ce récit a paru dans *Le Gaulois* du 4 novembre 1883.

2. Léon Dierx (1838-1912), connu comme poète parnassien, était employé au ministère de l'Instruction publique. Ce n'est pourtant pas là qu'il rencontra Maupassant, mais, probablement, à *La Revue fantaisiste* de Catulle Mendès (voir p. 41, note 2)

Mon oncle Jules

P. 195

1. Ces pages ont paru dans *Le Gaulois* du 7 août 1883.

2. Achille Bénouville (1815-1891) était peintre de paysages.

P. 198

1. Entre Fécamp et Saint-Valéry-en-Caux.

P. 202

1. Service postal, mi-ferroviaire, mi-maritime, entre l'Angleterre et les Indes. Il fonctionna jusqu'en 1939.

En voyage

P. 207

1. Publié pour la première fois dans *Le Gaulois* (10 mai 1883).

2. Gustave Toudouze était critique et romancier (1847-1904).

3. A l'époque où Maupassant écrit son conte, on signalait effectivement des agressions commises, dans le chemin de fer, sur la ligne de Tarascon.

La mère Sauvage

P. 217

1. Cette histoire a paru dans *Le Gaulois* du 3 mars 1884.

2. Georges Pouchet (1833-1894), naturaliste, était professeur au Muséum. C'est par l'intermédiaire de Flaubert que Maupassant avait fait sa connaissance.

3. Ce nom est inventé.

P. 221

1. Le terme de *piéton* est celui par lequel on désignait autrefois le facteur.

TABLE

COMMENTAIRES

ŒUVRES DE GUY DE MAUPASSANT

ROMANS

Bel-Ami.
Une Vie.
Mont-Oriol.
Les Dimanches d'un bourgeois de Paris.
Fort comme la Mort.
Notre cœur.
Pierre et Jean.

NOUVELLES

La Maison Tellier.
Contes de la bécasse.
Miss Harriet.
Boule de Suif.
Clair de Lune.
La Main gauche.
Monsieur Parent.
Yvette.
Les Sœurs Rondoli.
Mademoiselle Fifi.
La Petite Roque.
L'Inutile Beauté.
Toine.
Le Rosier de Madame Husson.
Le Père Milon.
Misti.
Contes du jour et de la nuit.
Le Horla.

VOYAGES

La Vie errante.
Au soleil.
Sur l'eau.

THÉÂTRE

Musotte (en collaboration avec Jacques Normand).
La Paix du ménage.
Histoire du vieux temps.

POÉSIE

Des Vers.

Composition réalisée par C.M.L., Montrouge

IMPRIMÉ EN FRANCE PAR BRODARD ET TAUPIN
Usine de La Flèche (Sarthe).
LIBRAIRIE GÉNÉRALE FRANÇAISE - 6, rue Pierre-Sarrazin - 75006 Paris.

ISBN : 2 - 253 - 00653 - X   ✦ 30/1962/7